소년은 자란다

소녀는 자란다

1판 1쇄 2020년 2월 15일
1판 2쇄 2021년 3월 2일

지은이 이지현

펴낸이 모계영 펴낸곳 가치창조
출판등록 제406-2012-000041호
주소 서울시 종로구 사직로 8길 34, 1104호(내수동, 경희궁의아침 3단지 오피스텔)
전화 070-7733-3227 팩스 02-303-2375
이메일 shwimbook@hanmail.net
ISBN 978-89-6301-188-2 43810

가치창조 공식 블로그 http://blog.naver.com/gachi2012
단비청소년은 가치창조 출판그룹의 청소년책 전문 브랜드입니다.

소년은
자란다
이지현 지음
단비청소년

문명화된 사회를 꿈꾸며

얼마 전에는 스물여섯 된 건장한 남성이 다섯 살짜리 의붓아들을 때려 숨지게 한 사건이 세상을 떠들썩하게 하더니 오늘은 친엄마와, 함께 사는 어른들이 세 살 난 딸을 옷걸이와 행거봉으로 때려 숨지게 한 사건이 세상에 알려졌다. 그들이 아이를 때린 이유는 아이가 밥을 꼭꼭 씹어 먹지 않았기 때문이란다.

또 반말을 했다는 이유로 중학교 여학생들이 한동네에 사는 초등학교 여학생을 때려 상처를 입히고, 아무런 죄의식도 없이 마치 무용담을 자랑하듯 그 장면을 동영상으로 촬영해 SNS에 배포하는가 하면, 그보다 더 끔찍한 일들도 일어난다.

어떤 이들은 폭력이 난무하고 강력 범죄가 끊이지 않는 이유를 불합리하고 불평등한 사회의 병리 현상에서 찾는다. 그 의견에 동의하면서도 더 근본적인 원인은 인간의 내면에 잠재된 폭력성에 있지 않을까 생각해 본다.

폭력의 역사는 인간의 역사와 궤를 같이한다. 과거에는 오늘날

보다 더 끔찍한 폭력들이 대규모로 자행되었다. 크고 작은 전쟁이 일어나 수많은 사람이 죽었다. 인간이 인간을 가축처럼 부리던 시절도 있었다. 부모가 자식을 소유물로 여기며 생사를 결정하던 시절도 있었고, 남녀차별과 인종차별도 있었다. 인간의 역사에는 언제나 강자가 존재했고 약자는 통제와 억압을 받으며 자유를 제한 당했다. 다행스럽게도 인간은 그런 과정을 거쳐 진화했다. 야만의 시대에서 문명의 시대로.

동화를 읽고 자란 아이들이 그렇지 않은 아이들보다 생명을 존중하는 경향이 강하다는 이야기를 들은 적이 있다. 의인화 동화에서는 무생물도 인격을 가진다. 아이들은 풀과 나무는 물론이고, 바위와 꽃, 그리고 동물들도 나와 같은 인격체로 인식한다. 그들과 교감하고 소통하면서 정서적인 공감대를 이루기 때문에 생명을 존중하는 것이다. 무엇이 인간의 내면에 잠재된 폭력성을 약화시키는가? 여러 가지 요인이 있겠지만 공감능력이 그중 하나이고, 공감능력을 높이는 데 문학이 유용한 도구라 믿는다.

야만의 시대를 지나 문명의 시대로 진화했지만 지금도 여전히 다양한 형태의 폭력이 자행되고 있기에 타인의 고통에 공감하는 사람들이 늘어나기를 간절히 바란다.

폭력이 사라진 사회를 꿈꾸며

이지현

1

“네 방으로 들어가.”

아버지가 들고 있던 젓가락을 식탁 위에 조용히 내려놓았다. 나는 입 안에 든 음식을 서둘러 삼키며 아버지를 바라보았다. 표정은 평소와 다름이 없었지만 눈빛이 변한 것을 보고 괴물이 온 것을 알았다.

개수대에서 딸기를 씻고 있던 엄마가 천천히 몸을 틀었다. 하얗게 질린 엄마의 얼굴에도 공포가 묻어 있었다.

“수돗물 잠그지.”

아버지가 말했다.

자동인형처럼 엄마가 팔을 뻗어 수도꼭지를 내렸다.

나는 소리 없이 의자를 밀고 일어났다. 아버지가 등을 꼿꼿이 펴고 앉은 채 나를 지켜보고 있었다. 나는 최면에 걸린 사람처럼 방으로 들어갔다. 공교롭게도 문이 닫히는 동안 바람이 불어 쿵 하는 소리가 났다. 심장이 튀어나와 발밑으로 툭 떨어지는 것 같았다.

"제가 그런 거 아니에요. 바람이 불었어요."

나는 황급히 문을 열고 변명을 한 뒤 왼쪽 손바닥을 문짝에 대고 조심스레 방문을 당겼다.

도대체 뭐가 잘못된 건지 알 수가 없었다. 아버지가 퇴근할 시간에 맞추어 엄마는 저녁을 준비했다. 비린내 나는 생선도 굽지 않았다. 집안은 먼지 하나 없이 깨끗했으며, 소파에 쿠션도 가지런히 정돈되어 있었다. 현관에는 엄마의 슬리퍼와 내 운동화뿐이었으며, 두 켤레의 신발 모두 뒤꿈치를 나란히 붙인 채 아버지가 정해 준 자리에 얌전하게 놓여 있었다. 나는 밥을 먹기 전에 손을 씻었으며 식탁 예절도 잘 지켰다. 그런데 왜 아버지는 화가 난 걸까? 그것을 아는 사람은 아버지뿐이었다.

무엇인가 넘어지는 소리가 났다. 눈을 질끈 감고 두 손으로 귀를 틀어막았다. 그래도 소리가 들려오는 것 같았다. 이어폰을 찾아 꽂고 〈라젠카 세이브 어스〉를 들었다. 요즘 내가 즐겨 듣는 노래 중 한 곡이다. 얼마 전 텔레비전을 보다가 우연히 듣게 되었는데 그 노래를 부르는 가수(하현우)의 목소리가 마음에 들었다.

스스로 불러온 재앙에 짓눌려 탄식이 하늘을 가리우며
멸망의 공포가 지배하는 이곳 희망은 이미 날개를 접었나.

볼륨을 올리자 하현우의 목소리가 고막을 강타했다. 저음은 부드럽고 그윽한데 고음은 천장을 찢을 만큼 강렬해 하현우의 노래를 듣고 있으면 가슴이 뻥 뚫리는 것 같은 기분이 든다. 나는 리듬에 맞춰 몸을 흔들었다.

내가 아버지의 정체를 확실히 알게 된 건 재작년 겨울이었다. 새벽에 오줌이 마려워 화장실에 갔다 오는데 안방에서 이상한 소리가 났다. 잠이 완전히 깨지도 않은 상태에서 방문을 열었을 때 오른손을 쳐들고 있는 아버지의 모습이 보였다.

'이게 뭐지?'

잠이 확 달아나면서 방 안의 장면이 한눈에 들어왔다. 엄마는 방바닥에 쓰러져 있고 아버지의 손에는 혁대가 감겨 있었다.

"왜 그래요, 엄마!"

내가 놀라 소리치며 방 안으로 들어서자 아버지가 천천히 팔을 내리더니 오른쪽 집게손가락으로 방문을 가리키며 낮게 지시했다.

"네 방으로 돌아가!"

당황스러웠다. 내가 망설이자 아버지가 소리 없이 내 앞으로 다가왔다. 그리고 천천히 무릎을 굽혀 내게 눈을 맞춘 뒤 혁대를 쥐지 않은 손으로 내 턱을 감싸 쥐었다. 노리끼리한 눈동자 속에 박힌 갈색 동공이 나를 빨아들이는 것 같았다. 오싹 소름이 돋았다.

"잘 들어. 내 말을 듣지 않으면 너도 벌을 받게 될 거야. 이렇게 말이야."

아버지가 허리를 펴고 똑바로 서더니 들고 있던 혁대로 침대 모서리를 내려쳤다. 나는 놀라 비명을 질렀다.

"조용히 해!"

아버지가 나를 노려보며 으름장을 놓았다. 나는 두 손으로 입을 틀어막았다. 아버지가 말없이 손가락을 뻗어 방문 밖을 가리켰다. 나는 놀라 벌어진 입을 미처 다물지도 못하고 뒷걸음질을 쳤다.

다음 날 아침 아버지는 멀쩡한 얼굴로 출근을 했다. 엄마도 평소와 다름없이 행동했다. 나는 나쁜 꿈을 꾸었다고 생각했다. 하지만 그건 진실이 아니었다. 그 일이 있고 난 뒤 나의 감각은 백만 배쯤 예민해졌다. 안 보이던 것들이 보이고, 들리지 않던 소리가 들렸다. 그런데도 나는 마치 아무 일도 일어나지 않은 것처럼 행동했다. 그래야 엄마가 안전할 수 있다고 믿었으니까.

"영우야, 무슨 소리가 들려도 모르는 척해. 안 그러면 엄마가 더 곤란해져."

엄마는 괜찮으냐고 묻는 내 손을 잡고 이렇게 당부를 했다. 나는 그 말을 곧바로 이해했다. 아버지는 누구든 자신에게 맞서는 자를 용서하지 않는다.

강철의 심장 천둥의 날개 펴고 결단의 칼을 높이 든 자여
복수의 이빨 증오의 발톱으로 우리의 봄을 되돌려 다오.

하현우가 외치고 있었다. 반복되는 절규에 영혼기병이 깨어나 우리를 구해 주었으면 좋겠다는 생각이 들었다. 하지만 그런 일은 일어나지 않는다.

'겁쟁이!'

'겁쟁이!'

'겁쟁이!'

나는 속으로 비명을 지르며 리듬에 맞춰 더 세게 몸을 흔들었다. 안방에서 나는 소리를 듣지 않으려고 한 행동인데 가슴이 뜨거워지면서 숨이 가빠졌다. 영혼기병이 내 몸속으로 들어오는 것 같았다. 나는 더 이상 참지 못하고 벌떡 일어나 안방으로 갔다.

아버지가 회초리로 엄마를 때리고 있었다.

"그만하세요!"

나는 부들부들 떨리는 목소리로 고함을 질렀다.

"뭐야?"

동작을 멈춘 아버지가 헝클어진 머리카락을 쓸어올리며 나를 바라보았다.

"얼른 네 방으로 돌아가, 얼른!"

엄마가 나를 밀어내고 방문을 닫으려 했다. 그때 아버지가 다가와 엄마를 걷어차더니 나를 방 안으로 끌고 들어갔다. 그리고 매질을 하기 시작했다.

2

아버지는 왜 괴물이 되었을까?

이유를 알면 아버지를 이해할 수 있을까?

그런 생각을 해 본 적이 있다. 하지만 어떠한 이유로도 폭력은 정당화될 수 없다.

매를 맞고 나면 온 몸에 멍이 든다. 몸에 든 멍은 시간이 지나면 사라진다. 하지만 마음에 든 멍은 시간이 지날수록 깊어져 영혼을 잠식한다. 폭력은 성장도 멈추게 할 만큼 나에게 악영향을 끼쳤다. 중학생이 되었는데도 내 몸에는 2차 성징이 나타나지 않았으며 키도 초등학교 5학년에 머물러 있었다.

그날 이후 아버지는 수시로 나를 때렸다. 이유는 시시때때로 바꿔었기 때문에 일일이 다 말할 수가 없다. 아버지의 마음에 들지 않으면 곧바로 주먹이 날아왔다. 매를 맞다 보면 내 몸이 점점 줄어들어 딱정벌레나 바퀴벌레가 되어 버린 것 같은 착각이 들곤 했다. 그대로 짓이겨져 형체도 없이 사라지고 싶었다. 먼지가 되어 훌훌 날아가 버리고 싶었다. 하지만 내가 사라져 버리고 나면 엄마는 어떻게 되는 거지? 그런 생각이 들 때마다 마음이 약해지면서 나도 모르게 눈물이 나왔다.

"집안에서 무슨 일이 벌어졌는지 밖에 나가서는 입도 뻥긋하지 마. 안 그러면 네 엄마가 죽게 될 거야."

매질을 끝내고 난 뒤에 아버지는 반드시 이렇게 협박을 하며 입단속을 시켰다.

나는 점점 말이 없는 아이가 되어 갔다. 그러던 어느 날이었다. 수업 중인 교실로 엄마가 나를 찾아왔다.

"이영우, 어머니 오셨다. 나가 봐."

선생님이 말했다.

"놀이공원 가냐?"

"우와, 좋겠다. 우리도 같이 가자."

몇몇 아이들이 짓궂게 떠들어 대며 나를 놀렸다.

"외할머니가 돌아가셨대."

선생님이 말했다. 순간 교실 안이 조용해졌다.

복도에 엄마가 서 있었다. 목이 조금 늘어진 티셔츠에 긴 치마를 입은 엄마가 슬리퍼를 신고 있었다. 아침에 학교에 오기 전에 내가 봤던 옷차림 그대로였다. 나는 엄마가 집으로 돌아가 옷을 갈아입고 난 뒤 외갓집으로 가려나 보다 했다. 그런데 엄마는 그대로 큰길로 나가더니 택시를 잡았다.

우리는 시외버스 터미널로 갔다. 그리고 경주로 가는 버스를 탔다. 우리가 살고 있는 부산에서 외갓집이 있는 경주까지 가려면 버스로 한 시간 정도 걸린다. 평일 오전의 버스는 한산했다. 외할머니가 돌아가셨다는데도 엄마는 울지 않았다. 우리가 경주에 도착했을 때 아버지에게서 전화가 왔다.

"여기서 꼼짝 말고 있어. 절대 내 쪽으로 오면 안 돼."

엄마가 급하게 출입구 쪽으로 나가며 전화를 받았다. 나는 엄마가 시키는 대로 했다.

"가자."

잠시 뒤 되돌아온 엄마가 내 손을 잡았다. 우리는 거기서 택시를 타고 동국대병원으로 갔다. 그런데 돌아가셨다고 하던 외할머니가 병원 문 앞에 서 있었다. 놀라는 내 팔을 붙들고 엄마가 말했다.

"잘 들어. 이제부터 우리는 아주 위험해질 거야. 아버지하고 통화해야 하니까 저 안으로 들어가 있어."

뭔지 모르겠지만 매우 위험하고 비밀스러운 일이 벌어지고 있다는 느낌이 들었다. 나는 토 달지 않고 엄마가 시키는 대로 했다. 잠시 뒤 통화를 끝낸 엄마가 손짓으로 나를 불렀다.

"니가 고생이 많구나."

외할머니가 나를 끌어안고 눈물 바람을 했다.

"시간 없어요, 엄마. 우리 가야 돼요."

그래, 알았다, 하며 외할머니가 나를 떼어 놓았다.

"죄송해요, 엄마. 끝까지 참아 보려고 했는데 영우 때문에 그럴 수가 없었어요."

"알았으니 얼른 가거라."

"몸조심하세요."

"내 걱정은 하지 말고 너나 잘 지내거라."

외할머니가 흘러내린 눈물을 닦아 내며 들고 있던 손가방을 엄마에게 주었다. 밖으로 나가려던 엄마가 돌아서서 외할머니를 꽉 끌어안았다.

"어여 가거라."

목이 메는지 외할머니의 목소리가 탁하게 갈라졌다.

'우리는 지금 도망을 치고 있다.'

나는 직감적으로 그 사실을 깨달았다. 우리는 택시를 타고 다시 시외버스 터미널로 갔다. 재빠르게 시간표를 훑어보던 엄마가 대구로 가는 표를 끊었다. 버스를 타기 전에 엄마가 휴대폰을 달라고 했다. 나는 두말하지 않고 휴대폰을 엄마에게 건네주었다. 엄마는 배터리를 분리한 뒤 휴대폰을 쓰레기통에 버렸다. 아버지는 엄마와 내 휴대폰에 위치 추적 장치를 해 두었다.

엄마가 다시 입을 연 것은 동대구역 근처의 식당에서였다. 주문한 음식을 기다리고 있는데 엄마가 물끄러미 나를 바라보더니 느닷없이 사과를 했다.

"미안하다."

가슴이 먹먹해지면서 울컥 눈물이 쏟아지려 했다. 나도 늘 엄마에게 미안했다. 아버지의 폭력으로부터 엄마를 구해 내고 싶었지만 나는 아무것도 할 수 없었다. 그런 내가 미웠다. 울지 않으려고개를 숙이는데 엄마의 목소리가 들려왔다.

"사실은 오래전부터 준비를 하고 있었어. 그런데 너하고 외할머니가 마음에 걸려 갈 수가 없더라. 그래도 아버지가 없는 것보다 있는 게 낫다고 생각했는데, 나만 참으면 된다고 생각했는데, 결국 내가 어리석었던 거야. 너를 더 큰 위험에 빠뜨리고 말았어."

엄마가 울먹이고 있었다. 이제라도 도망쳐서 다행이라고 생각하며 나는 고개를 들었다.

"어려운 일이 많이 생길 거야. 넌 학교도 다닐 수 없어. 전학을 하려면 주소를 옮겨야 하는데 그러면 흔적이 남기 때문에 네 아버지가 우리를 찾아 낼 거야. 이제부터 우리는 아주 용감해져야 돼."

엄마가 감정을 추스르고 비장한 표정을 지었다.

나는 학교에 다니지 않아도 괜찮다고 말했다. 그때 서빙을 하는 아주머니가 음식을 가져다 주었다.

"남기지 말고 다 먹어. 도망 다니려면 기운이 있어야 하니까."

말을 마친 엄마가 꾸역꾸역 밥을 먹기 시작했다. 집에서는 한 번도 보지 못한 모습이었다.

밥을 다 먹고 난 뒤 우리는 동대구역으로 갔다. 엄마가 전주로 가는 표를 끊었다. 그곳에 엄마의 가장 친한 친구가 산다고 했다. 아버지는 이제 엄마가 쓴 카드 내역서를 보고 우리가 전주로 갔다고 생각할 것이다.

은행에 들러 돈을 모두 찾고 난 뒤 엄마는 전주로 가는 열차표와 카드를 구겨 휴지통에 버렸다.

다음 행선지는 서문시장이었다. 그곳은 대구에서도 제일 큰 시장이었다. 엄마와 나는 복잡한 시장을 돌아다니며 갈아입을 옷과 모자를 샀다. 화장실에 가서 변장을 하고 나니 마치 엄마와 내가 다른 사람이 된 것 같았다. 엄마는 미장원에 들러 긴 머리카락을 자르고 염색도 했다. 그러고 난 뒤 우리는 버스를 타고 김천으로 갔다. 거기서 현금을 내고 서울로 가는 기차표를 끊었다.

3

우리가 서울역에 도착한 시각은 9시 45분이었다.

"내리자."

긴장이 되는지 엄마가 내 손을 꽉 잡았다. 우리는 열차에서 몰려나온 사람들을 따라 위층으로 올라갔다. '나가는 곳'이라고 적힌 노란색 표지가 곳곳에 있었다. 걸음을 멈춘 엄마가 이쪽저쪽을 둘러보더니 사람들이 많이 가는 곳으로 발걸음을 옮겼다.

대한민국의 수도답게 서울은 정말 크고 복잡한 도시였다. 동대구역도 컸는데 서울역은 더 컸다. 우리는 자동문을 지나 밖으로 나왔다. 큰 도로를 가운데 두고 빌딩 숲이 우거져 있었다. 내가 살던 부산도 대도시였지만 시내로 나가 본 적이 거의 없기 때문에 모든 것이 낯설게 느껴졌다. 나는 아버지가 지시한 대로 학교와 집을 오갔으며, 학원도 아버지가 정해 준 곳만 다녔다.

목적지가 있는 사람들이 바쁘게 계단을 내려갔다. 엄마는 아직 갈 곳을 정하지 못했는지 그 자리에 서서 주변을 휘둘러보았다. 바삐 오가는 사람들 사이로 계단참에 쭈그리고 앉아 있는 노숙자들이 보였다. 나는 엄마 곁에 바짝 붙어 섰다.

엄마는 나를 데리고 근처에 있는 분식집으로 들어갔다. 저녁 시간이 지나서 그런지 가게 안에는 손님이 별로 없었다. 라면 하나와 김밥 두 줄을 시킨 뒤 엄마가 계산대에 서 있는 아주머니에게 물었다.

"서울의 중심가가 어디예요?"

"글쎄, 강남 아닌가……?"

대답을 하면서도 아주머니는 영 자신이 없는 눈치였다. 계산을 하려고 뒤에 서 있던 할아버지가 불쑥 두 사람의 대화에 끼어들었다.

"종로야."

"예?"

"서울의 중심은 종로라고. 강남은 옛날에 논밭이었어."

"하지만 지금은 강남이 더 부자잖아요."

아주머니 말에 할아버지가 영 언짢은 표정을 지으며 면박을 주었다.

“돈만 많으면 장땡이야?”

아주머니가 어깨를 으쓱하더니 자리를 피해 버렸다.

“종로에 가려면 어떻게 해야 돼요?”

엄마가 묻자 할아버지가 대답을 해 주었다.

“전철 타고 가서 종각역에 내리면 되지.”

“여기서 멀어요?”

“금방 가. 두 정거장밖에 안 돼.”

“그곳에 가면 뭐가 있어요?”

사직공원이 있다고 할아버지가 말했다. 엄마는 행선지를 정한 것 같았다. 우리는 서둘러 밥을 먹고 난 뒤 전철역으로 갔다. 할아버지의 말대로 서울역에서 종각역까지는 금방이었다. 너무 늦은 시간이라 오가는 사람들도 많지 않고 불이 꺼진 건물들이 대부분이었지만 넓은 도로와 끝도 없이 서 있는 빌딩들을 보니 그곳이 서울의 중심이라는 생각이 들었다.

“오늘은 이 부근에서 자고 내일 주변을 한번 둘러보자.”

우리는 종각역 근처에 있는 찜질방으로 갔다. 태어나서 처음 가 본 찜질방이 신기했지만 이 방 저 방 돌아다니며 구경을 할 상황은 아니었다. 엄마와 나는 동굴처럼 생긴 수면실로 들어갔다. 따뜻한 바닥에 누워 있으니 긴장이 풀리면서 솔솔 잠이 왔다.

"푹 자."

엄마가 말했다.

나도 그러고 싶었지만 불안해서 중간에 나도 모르게 눈이 떠졌다. 그래도 아버지 꿈을 꾸지 않은 게 천만다행이었다. 엄마도 잠을 설친 것 같았다.

다음 날 아침 우리는 광화문 광장으로 갔다. 우리가 묵고 있던 찜질방에서 광화문은 가까운 거리에 있었다.

"여기가 서울이로구나."

세종대왕 동상 앞에서 엄마가 주위를 휘둘러보며 혼잣말을 했다. 순간적으로 변하는 눈빛과 표정에 여러 가지 감정이 담겨 있었다. 엄마가 무슨 생각을 하는지 궁금했지만 묻지 않았다. 그 대신 어디로 갈 거냐고 물었다.

"여기서 살 거야."

엄마의 대답을 듣고 나는 깜짝 놀랐다.

'서울에서 산다고? 이렇게 사람이 많은 곳에서? 그러다 아버지에게 들키면 어쩌려고 그러지?'

불안해하는 내 마음을 읽었는지 엄마가 불쑥 질문을 던졌다.

"숨바꼭질을 할 때 사람들이 주로 어디에 숨는 줄 아니?"

"……."

"뒤꼍이나 광 같은 곳에 숨지. 네 아버지도 그렇게 생각할 것 같아서 이리로 온 거야."

나는 엄마의 예측이 맞기를 바랐다.

종각역 주변을 둘러보고 난 뒤 우리는 사직공원으로 갔다. 광화문에 비해 그곳은 허름하고 오래된 느낌이 났다.

"여기가 서울의 중심지예요?"

왠지 속은 것 같은 기분이 들어 내가 얼굴을 찌푸리자 엄마가 좀 더 둘러보자고 했다. 우리는 사직공원 근처를 둘러보았다. 바로 옆에 어린이도서관과 종로도서관이 있고 근처에 초등학교도 있었다.

엄마가 큰길을 버리고 골목 안으로 들어갔다. 서울에 이런 동네가 있을까 싶을 정도로 좁은 골목에 허물어져 가는 집들이 촘촘하게 들어서 있었다. 그런데 이상하게 그 풍경이 정겨웠다. 미로처럼 얽힌 골목을 빠져나오니 금방 큰길이 나왔다.

"숨어 있기 좋은 동네네."

엄마가 뒤돌아보며 말했다. 큰길가에 서 있는 높은 건물들이 낡고 오래된 집들을 폭 감싸 안고 있는 것 같았다.

"방을 구할 수 있는지 한번 알아보자."

엄마는 나를 데리고 근처에 있는 부동산 사무실로 갔다.

"어서 오세요."

머리카락을 갈색으로 물들인 아주머니가 책상 앞에 앉아 있다가 반갑게 우리를 맞아 주었다. 소파에는 돋보기안경을 낀 할아버지가 앉아 있었다. 엄마가 월세방을 구하러 왔다고 하자 그 할아버지가 아래위로 엄마와 나를 훑어보았다.

"얼마짜리를 찾으시는데요?"

아주머니가 물었다.

"돈이 별로 없어요."

"그럼 보증금이 싼 데를 찾아봐야겠네. 이사는 언제쯤 하실 거예요?"

"내일이라도 당장 들어갈 수 있는 집이 있으면 좋겠는데요. 혹시 도서관 근처에 월세방 나온 건 없어요?"

"식구가 몇이나 돼요?"

소파에 엉덩이를 붙인 채 우리를 보고 있던 할아버지가 물었다.

"아들하고 둘이에요."

"짐이 많아요?"

"아니요, 없어요."

"그럼 박 영감네가 딱이네."

"거긴 화장실도 없고 부엌도 없잖아요."

아주머니가 이렇게 말하자 할아버지가 입바른 소리를 했다.

"세상 물정 모르는 소리 하고 있네. 시설 다 갖춘 데 찾으려면 돈이 많아야 하는데 이 아주머니는 돈이 없다잖아. 그럼 형편에 맞춰 살아야지. 안 그렇수?"

엄마가 당황하며 예, 하고 대답을 하자 할아버지가 한결 부드러워진 목소리로 덧붙였다.

"그 영감은 집에 거의 없어. 하루 종일 노인정에 가서 사는데 뭐. 그러니까 애기 엄마가 부엌 써도 돼. 화장실도 뭐 영감 혼자 쓰는데 얼마나 자주 들락거리겠어? 그러니까 같이 써도 크게 불편할 거 없어. 급하면 집 뒤에 있는 교회 화장실 쫓아가면 돼. 그보다는 영감 마음에 들어야 하는 게 문제지."

"세입자를 까다롭게 고르시나 봐요?"

엄마가 묻자 할아버지가 심드렁한 얼굴로 대답했다.

"성질이 지랄 같아서 그렇지 뭐. 아 그렇다고 중간에 사람을 내쫓거나 그런 건 없어요. 한번 가 보시겠수?"

"예."

"잠깐만 기다려 보슈."

하더니 할아버지가 어딘가로 전화를 했다.

30분쯤 지난 뒤 우리는 부동산 할아버지를 따라 지은 지 100년은 족히 되어 보이는 작은 기와집으로 갔다. 하늘색 페인트가 칠해진 철제 대문이 조금 열려 있었다. 집 안으로 들어가며 나는 크게 실망을 했다. 태어나서 지금까지 아파트에서 살아 온 나에게 그 집은 너무 낡고 허술해 보였다.

"이 사람들인가?"

마루에 걸터앉아 있던 할아버지가 턱짓으로 엄마와 나를 가리켰다. 머리카락과 눈썹이 허연 할아버지는 그 집만큼이나 나이가 많아 보였다.

"다급하게 집을 구해야 하나 봐. 사정이 딱한 것 같더라고."

부동산 할아버지의 말을 들으며 집안을 휘둘러보다가 나는 그 할아버지와 눈이 딱 마주치고 말았다. 얼굴은 시든 참외처럼 쪼글쪼글했는데 처진 눈꺼풀 아래 가려져 있는 작은 눈동자에서 레이저가 뿜어져 나오는 것 같았다. 나는 얼른 고개를 돌렸다. 좁은 마당 구석에 수도가 있었다.

"방이 마음에 드나 한번 보슈."

할아버지가 말했다.

"웬일이야? 두 마디도 안 물어보고……." 부동산 할아버지가 의외라는 듯 말하고는 대문 쪽에 붙어 있는 방을 보여 주었다. 우리 집 화장실보다 조금 클까말까 한 방이었다. 그런데도 엄마는 그 방을 빌리고 싶어 했다.

"그렇게 하슈."

성질이 지랄 같다던 할아버지는 너무도 순순히 우리에게 그 방을 빌려주었다.

4

“당분간만 이곳에서 지낼 거야. 돈 모으면 좀 더 좋은 집으로 이사 가자.”

엄마는 발길질 한 번에도 맥없이 부서질 것 같은 방문을 보고 불안해하는 나를 안심시키려 했다.

“괜찮아요.”

걱정을 덜어 주고 싶어 그렇게 말했지만 사실은 괜찮지 않았다. 나는 수시로 아버지가 대문을 밀고 들어오는 꿈을 꾸었다. 엄마가 내 손을 꼭 잡고 골목을 누볐다.

“자, 봐. 괜찮지? 그러니까 겁내지 마.”

그 말은 나에게 들려주는 말이라기보다 자기암시에 가까웠다.

티를 내지 않으려고 안간힘을 쓰고 있었지만 긴장한 얼굴로 주변을 살피는 엄마의 모습은 천적이 나타날까 봐 노심초사하며 촉각을 곤두세우는 초식동물 같았다. 다행히 우리가 염려하던 일은 일어나지 않았다.

두 주일 정도 지나자 엄마가 본격적으로 일자리를 구하러 다녔다. 서울은 넓고 사람도 많았다. 그만큼 일손을 필요로 하는 곳도 많아 엄마는 생각보다 쉽게 취직을 했다. 오전 10시부터 밤 10시까지 식당에서 손님들에게 음식을 날라 주는 일이었다. 출근을 하기 전날 엄마는 나를 데리고 서점으로 가더니 문제집을 잔뜩 사 주었다. 학교를 다니지 않아도 공부를 해야 된다는 게 엄마의 생각이었다.

다음 날부터 나는 텅 빈 집에 홀로 남겨졌다.

무서웠다.

삐그덕~.

대문 흔들리는 소리에도 나는 놀라 움츠러들었다. 지붕 위로 무엇인가가 지나가는 소리가 들렸다. 처음에는 놀라 이불을 뒤집어썼는데 나중에 알고 보니 고양이였다.

"괜찮아. 괜찮아. 다 잘 될 거야."

나는 주문을 외듯 혼잣말을 했다.

제일 무서운 건 골목에서 들려오는 발자국 소리였다.

첫날은 하루 종일 방에 틀어박혀 시간을 보냈다. 컴퓨터도 없고 휴대폰도 없고 텔레비전도 없는 방에서 열두 시간을 보내는 일은 생각보다 훨씬 더 지루하고 끔찍했다.

'사람은 망각의 동물이다'라는 말을 어디선가 읽은 적이 있는데 진짜 그런 것 같았다. 두려움은 시간이 지날수록 조금씩 옅어졌다. 나는 답답한 방 안을 벗어나 툇마루까지 진출했다.

얼룩고양이 한 마리가 처마 그늘에 앉아서 졸고 있었다. 나는 툇마루 끝에 앉아 다리를 까닥거리며 고양이를 보고 있었다. 이상한 낌새를 챘는지 고양이가 눈을 떴다. 나는 조용히 마당으로 내려갔다.

고양이가 거만한 얼굴로 나를 쓱 쳐다보더니 천천히 일어나 창고 뒤쪽으로 사라져 버렸다. 그 시각 집 안에서 살아 움직이는 것이라곤 고양이와 나뿐이었다. 심심해서 나는 고양이를 따라갔다. 어디로 갔는지 고양이는 보이지 않고 담 밑에 너저분하게 놓여 있는 빈 화분들과 벽돌들이 보였다.

아버지는 집이 어질러진 걸 몹시 싫어한다. 그러다 보니 엄마는 늘 정리정돈에 신경을 썼다. 그런 분위기에서 자라다 보니 나도 모르게 강박 증상이 생겼다. 나는 흙 묻은 화분을 수돗가로 들고 가 씻었다. 아무 일도 안 하는 것보다 그런 일이라도 하는 게 마음이 편했다. 시간도 잘 가는 것 같았다. 방 안에 우두커니 앉아 있으면 시간도 고인 물처럼 흐르지 않고 제자리를 맴도는 것 같았다.

벽돌을 가지런히 쌓고 나자 깨진 보도블록이 보였다. 그 집 마당에는 붉은색과 크림색 보도블록이 깔려 있었는데 그중 몇 개가 깨져서 바닥이 움푹 꺼져 있었다. 나는 깨진 블록을 빼내고 바닥에 깔려 있는 모래흙을 평평하게 골랐다. 그러고 난 뒤 가지런히 쌓아 두었던 벽돌 몇 장을 가지고 와 조각을 냈다. 그걸 다듬어서 걷어 낸 보도블록 자리에 꽃 모양을 박아 넣을 계획이었다. 그런데 벽돌 다듬기가 생각보다 어려웠다. 손을 찧어가며 벽돌을 깨고 있을 때 할아버지가 대문을 열고 들어왔다. 나는 화들짝 놀라며 일어섰다.

"뭐 하냐?"

할아버지가 물었다.

입이 얼어붙어 말을 할 수가 없었다.

"귀신 봤냐? 뭘 그렇게 놀라."

"……."

"긴장 풀어, 이놈아. 내가 널 잡아먹냐?"

할아버지가 통을 놓고 집 안으로 들어갔다. 나는 서둘러 깨진 벽돌 조각을 치웠다. 그때 할아버지가 밖으로 나와 또 뭐 하냐고 물었다.

"저기, 이게 깨져서, 꽃을 만들려고 하는데……."

내가 더듬거리며 횡설수설하는 걸 잠자코 듣고 있던 할아버지가 마루 밑에서 망치 하나를 꺼내 왔다.

"손 다쳐, 이놈아."

멀뚱히 서 있는 나에게 망치를 건네주고 할아버지가 밖으로 나갔다. 나는 할아버지가 건네준 망치로 깨진 벽돌 조각을 다듬었다. 사흘 뒤 보도블록 위에는 내가 심어 놓은 꽃이 두 송이 피어났다.

"손재주가 좋구나."

며칠 뒤 마당을 지나가던 할아버지가 나와 눈이 마주치자 칭찬을 해 주었다. 심심해서 한 일인데 칭찬을 받고 나니 기분이 좋아졌다.

나는 새로운 놀이를 찾아 나섰다. 그 집 마당 귀퉁이에는 네모난 상자처럼 생긴 창고가 하나 있었다. 벽면에 지붕으로 올라가는 계단이 보였다. 하늘이 아주 맑은 어느 날 오후에 나는 창고 지붕으로 올라갔다.

옆집 마당이 내려다 보였다. 할아버지네 집은 기역(ㄱ)자 모양으로 생겼는데 그 집은 디귿(ㄷ) 모양이었다. 마당에는 잔디도 깔려 있었다. 한옥이라고 다 같은 한옥이 아닌 모양이었다.

나는 천천히 주변을 둘러보았다. 기와집들이 지붕을 잇대고 옹

기종기 모여 있는 사이로 핏줄처럼 골목이 지나가고 있었다. 사방팔방으로 나 있는 골목을 잘만 이용하면 아버지가 쫓아와도 충분히 도망칠 수 있을 것 같았다.

바람에 꽃향기가 실려 왔다. 냄새가 나는 쪽으로 고개를 돌려 보니 우거진 숲이 보였다. 그러고 보니 그 동네에는 나무가 많았다. 멀리 바위가 많은 산이 보이고(나중에 그 산 이름이 인왕산이라는 것을 알았다.) 군데군데 공원도 있었다. 나는 창고 지붕 가장자리에 걸터앉아 동네 구경을 하다가 바닥에 등을 대고 누웠다. 하루 종일 해를 받아 시멘트 바닥이 따끈했다.

멍하니 하늘을 올려다 보다 스르르 잠이 들었다. 다시 눈을 떴을 때 해가 지고 있었다. 유난히 붉고 큰 해가 서서히 구름 너머로 사라지는 걸 보고 있는데, 낯선 행성에 와 있는 듯한 느낌이 들었다. 외롭고 쓸쓸했다. 그 순간 독후감 숙제를 하려고 읽었던 《어린 왕자》의 한 장면이 떠올랐다. 어린 왕자도 마음이 슬플 때 해가 지는 걸 보게 된다고 했다.

어린 왕자가 사는 별은 아주 작아서 앉아 있는 의자를 조금만 움직이면 하루에도 여러 차례 해 지는 장면을 볼 수 있는데 어떤 날은 하루에 마흔세 번이나 해 지는 장면을 봤다고 한다.

그때는 몰랐는데 해 지는 장면을 보고 있으니 어린 왕자의 마음이 느껴졌다. 나는 노을이 물든 하늘을 한참 동안 바라보다가 아래로 내려왔다. 얼굴이 따끔따끔했다. 햇볕을 너무 많이 쬔 것 같았다.

나는 일을 마치고 밤늦게 집으로 돌아온 엄마에게 부탁을 했다.

"박쥐우산 하나랑 망원경 하나만 사 주세요."

"뭐 할 건데?"

"어린 왕자 놀이하려고요."

"알았어."

엄마는 더 이상 묻지 않고 자리에 누웠다. 그리고 10분도 지나지 않아 가볍게 코를 골며 잠이 들었다. "몸은 고되지만 마음이 편해서 좋아." 하던 엄마의 말이 떠올랐다. 나도 더 이상 불안에 떨지 않고 편하게 잠든 엄마를 볼 수 있어 좋았다.

다음 날 아침 출근길에 엄마가 나를 데리고 문방구로 갔다. 치마꼬리를 잡고 놓지 않는 어린아이처럼 나는 엄마 뒤를 줄레줄레 따라갔다. 엄마가 우산과 망원경을 사 주었다. 집으로 돌아온 나는 망원경과 우산을 들고 창고 지붕 위로 올라가 한나절 내내 동네 구경을 했다. 그러다 심심해지면 공책에 도주로를 그리며 놀았다.

5

어린 왕자 놀이는 한 달이 못 가 끝이 나고 말았다. 날씨가 더워져 창고 위에 앉아 있기 어려웠다. 시멘트로 만들어진 창고 바닥은 햇볕을 받아 뜨끈뜨끈했으며 머리 위에서 쏟아지는 햇살은 너무 강렬해서 우산을 뚫고 들어올 지경이었다. 나는 망원경을 내려놓고 밖으로 나가 직접 동네를 둘러보고 싶어졌다. 아무 일도 일어나지 않는 날들과 날마다 무사히 집으로 돌아오는 엄마가 나에게 용기를 주었다. 6월의 어느 날 드디어 나는 혼자서 집 밖으로 나왔다.

'어디로 가지?'

잠시 망설이다가 교회를 지나 위쪽으로 올라갔다. 망원경을 통

해 살펴본 바에 따르면 그곳에 학교가 있었다. 학교에 다닐 때는 학교가 좋은 줄 몰랐는데 학교를 다니지 않으니 학교가 그리웠다.

나는 경사진 길을 천천히 올라갔다. 조금 걸었을 뿐인데도 땀이 흘러내렸다. 학교가 있는 골목으로 접어들었다. 나무 그늘에 나보다 덩치가 큰 아이들이 세 명 서서 담배를 피우고 있었다. 잘못 들어왔다는 생각이 들었다. 하지만 되돌아 나가기에는 너무 늦은 것 같았다. 나는 고개를 숙이고 서둘러 그곳을 지나쳤다. 그러다 뒤돌아보니 그들이 나를 보고 있었다.

위잉위잉~~. 머릿속에서 위험 신호가 울렸다.

느닷없이 괴물로 돌변하는 아버지와 살다 보면 눈치가 엄청 빨라진다. 그래야 살아남을 수 있으니까.

나는 서둘러 큰길로 나왔다. 근처에 어린이도서관이 있었다. 나는 얼른 도서관으로 들어갔다. 진작 올걸, 하는 생각이 들었다.

도서관은 넓고 시원했다. 나는 천천히 도서관을 둘러보았다. 거기서는 할 수 있는 일들이 참 많았다. 만화영화를 몇 편 보고 난 뒤 열람실로 들어가 책을 읽고 있는데 이상한 느낌이 들었다. 고개를 들어 보니 코끝에 안경을 걸친 할머니가 건너편에 앉아 나를 쳐다보고 있었다.

'뭐지, 저 눈빛은? 혹시 나를 아는 사람인가.'

불안한 생각이 들어 얼른 책을 꽂아 놓고 밖으로 나왔다.

퇴근하고 집에 온 엄마에게 혹시 서울에 아는 사람이 있느냐고 물었다.

"아니, 없어. 그런데 왜 그런 걸 물어?"

"오늘 어떤 할머니가 나를 빤히 쳐다보더라고요."

"어디서?"

"도서관에서요."

"너 도서관 갔었니?"

엄마의 표정과 목소리가 동시에 밝아졌다. 거기에는 여러 가지 감정이 섞여 있었다. 좋기는 좋은데 걱정이 되기도 하는 뭐, 그런 느낌이었다.

도서관은 시간을 보내기에 아주 좋은 장소였다. 근처에 종로도서관과 어린이도서관이 있었는데 나는 주로 어린이도서관을 이용했다. 그곳이 더 마음에 들었다. 나는 시원한 도서관에서 온종일 시간을 보냈다. 어린이도서관에 딱 한 가지 아쉬운 점이 있다면, 오후 6시에 문을 닫는다는 것이다.

엄마가 오려면 네 시간을 더 기다려야 하는데 그때까지 우두커니 혼자 집에 있고 싶지 않아서 나는 동네 구경을 다녔다. 처음에는 도서관 근처를 돌다가 나중에는 사직터널 근처까지 가 보았다. 막 불을 밝히기 시작한 가게들이 옹기종기 모여 있는 동네에는 구경할 거리가 무척 많았다.

나는 시간을 두고 차근차근 구역을 넓혀 나갔다. 사직공원과 종로도서관 근처를 살펴보고 난 뒤에는 서촌으로 갔다. 그곳에는 음식점들이 아주 많았는데 엄마가 일하는 음식점도 그중 하나였다. 통인시장과 경복궁 근처까지 둘러보고 난 뒤에는 큰길 너머로 진출했다. 거기에는 우리가 살던 곳과 비슷한 아파트가 있었다.

단지를 지나 조금 더 안쪽으로 들어가자 전혀 다른 풍경이 나타났다. 그곳에 있는 집들은 할아버지네 집보다 훨씬 더 낡고 허름했다. 담이 무너지고 지붕이 내려앉은 집도 있었다. 집 앞에 쓰레기가 수북하게 쌓여 있고 대문이 떨어져 나간 집도 보였다. 빈집도 수두룩해 보였다. 을씨년스런 풍경에 놀라 발길을 돌려 아래쪽으로 내려오는데 어떤 집에서 아이들이 나왔다. 나는 무심코 그들을 지나쳤다. 그런데 어이, 거기 서 봐, 하는 소리가 들렸다. 돌아봤더니 그들이 손짓으로 나를 부르고 있었다. 얼마 전에 학교 근처에서 봤던 아이들이었다. 나는 주춤주춤 뒷걸음질을 쳤다.

"서라는데 왜 도망가."

그 아이들이 내 쪽으로 다가왔다.

나는 바짝 얼어붙어 그 자리에 멈추어 서고 말았다.

"몇 학년이냐?"

앞니 사이가 벌어진 아이가 내 어깨에 팔을 두르며 물었다.

"중학교 1학년인데요."

"뺑치지 마, 새끼야."
하며 다른 한 명이 내 머리를 툭 쳤다.
나도 모르게 두 팔로 머리를 감싸 쥐었다.
그들이 야릇한 눈빛으로 나를 훑어보았다.
"어디 사냐?"
앞니 사이가 벌어진 아이가 물었다.
"저, 저기 사는데요."
나는 길 건너편을 가리켰다.
"너 지난번에도 우리 봤지?"
개미핥기를 닮은 아이가 물었다.
나는 힘없이 고개를 끄덕였다.
"그런데 왜 인사도 안 하냐, 새끼야." 하며 또 다른 한 명이 내 머리를 툭 쳤다. 나는 그들에게 둘러싸인 채 골목을 걸어 내려왔다.
"너 돈 가진 거 있냐?"
편의점 근처에 왔을 때 그들 중 한 명이 물었다. 나는 없다고 말했다.
"뒤져서 나오면 죽는다."
아이들이 내 몸을 훑었다. 그러더니 "뭐야, 이 새끼, 진짜 없네. 돈 좀 가지고 다녀라." 하며 나를 툭툭 치기 시작했다. 나는 두 팔로 머리를 감싸 안았다. 그때 어디선가 호통 소리가 들렸다.

"너희들 거기서 뭐 하는 거냐?"

아이들이 동작을 멈추고 고개를 돌렸다. 나도 고개를 들고 소리가 들려오는 쪽을 쳐다보았다. 할아버지가 거기 서 있었다.

"가던 길 가시죠, 참견하지 마시고."

앞니 사이가 벌어진 아이가 말했다. 그런데도 할아버지가 성큼성큼 내 쪽으로 걸어왔다.

"이 영감님이 귀가 먹었나, 왜 말귀를 못 알아들어?" 하며 다른 아이 둘이 할아버지를 막아섰다.

할아버지가 다칠까 봐 조마조마했다. 그런데 할아버지가 두 손으로 그 아이들의 뒷목을 잡더니 앞으로 휙 밀었다. 할아버지를 칠 것처럼 기세 좋게 다가섰던 아이들이 바닥에 나동그라졌다.

"아이씨, 이 할아버지가 사람 열 받게 하네."

벌어진 앞니 사이로 침을 찍 내뱉고 나서 내 어깨에 팔을 둘렀던 아이가 할아버지를 향해 주먹을 날렸다. 그 순간 할아버지가 슬쩍 몸을 피하며 그 아이의 발목을 찼다. 중심을 잡지 못한 아이가 어어어, 하며 비틀거리는 사이 넘어진 아이들이 할아버지에게 다가왔다.

"그만하고 집에 가, 이놈들아!"

할아버지가 꽥 고함을 질렀다. 하지만 아이들은 그럴 생각이 전혀 없는 것 같았다. 그중 한 명은 잽싸게 빈집으로 달려가 나무

막대기를 구해 왔다. "그 참 말로 해서 안 될 놈들이네." 하며 할아버지가 허허 웃었다. 독기를 품은 아이들이 동시에 할아버지에게 달려들었다. 그런데 눈 깜짝할 사이에 세 명이 다 무릎을 꿇고 길바닥에 나동그라졌다.

'어떻게 된 거지?'

나는 놀라 눈을 휘둥그렇게 떴다.

"그만 가자."

할아버지가 말했다.

나는 바짝 할아버지 곁으로 다가섰다.

몇 발자국 걸어가서 뒤를 돌아보니 불량배 삼총사가 나를 노려보고 있었다.

"어떻게 하신 거예요?"

나는 얼른 고개를 돌리며 할아버지에게 물었다.

"뭘 말이냐?"

"좀 전에 하신 거 말이에요."

"지 눈으로 보고도 모르는 걸 설명해 준다고 알겠냐?"

할아버지는 퉁명스럽게 대답을 한 뒤 성큼성큼 걸음을 옮겼다. 머쓱해진 나는 입을 꾹 다물고 할아버지를 따라갔다.

6

'정체가 뭘까?'

나는 엄마에게 할아버지의 나이가 얼마쯤 되어 보이느냐고 물었다.

"글쎄다, 여든 가까이 되신 것 같은데……."

"그것밖에 안 됐어요? 나는 백 살은 넘은 줄 알았는데……."

"갑자기 할아버지 나이는 왜 물어?"

"완전 무림 고수 같아요."

"너 요즘 도서관에서 만화영화 너무 많이 보는 거 아니야?"

"엄마가 못 봐서 그렇지 진짜 멋있었어요."

나는 할아버지가 허연 눈썹을 휘날리며 불량배 삼총사를 어떻게 물리쳤는지 과장을 섞어 가며 실감 나게 들려주었다. 엄마는 하품을 해 가며 어머나, 진짜? 정말이니? 하더니, 30분을 넘기지 못하고 잠이 들고 말았다. 나도 자려고 불을 끄고 누웠지만 잠이 오지 않았다. 머릿속으로 불량배 삼총사를 쓰러뜨리던 할아버지의 모습이 휙휙휙 지나갔다.

'대체 어떻게 한 거지?'

궁금증이 무럭무럭 자라나 방 안을 뒤덮었다.

다음 날 아침 일찍 나는 마당으로 나가 할아버지를 기다렸다.

"거기서 뭐 하니?"

서성거리는 나를 보고 엄마가 물었다. 나는 할아버지를 기다린다고 말했다.

"새벽에 나가시는 것 같던데?"

"진짜요?"

"그래, 대문 열리는 소리가 나더라."

"할아버지는 아침도 안 드시나 봐요?"

"생식 하시나 봐. 미숫가루 같은 거 타 드시더라."

역시 예사로운 분이 아니라는 생각이 들었다. 나는 상상의 날개를 활짝 펴고 할아버지가 돌아오기를 기다렸다. 할아버지는 8시가 다 되어서야 집으로 돌아왔다. 나도 모르게 할아버지를 반기며 물었다.

"어디 갔다 오셨어요?"

"그걸 네가 왜 물어?"

"아니, 저, 그게……."

나는 대답할 말을 찾지 못하고 더듬거렸다.

"그 참 싱거운 놈일세." 하며 할아버지가 물통을 들고 집 안으로 들어가 버렸다.

'고수들은 원래 불친절해.'

무안해진 나는 속으로 혼잣말을 하며 할아버지의 정체를 밝혀내고야 말겠다고 결심했다.

할아버지는 10시가 되기 전에 집을 나섰다. 나는 미리 준비해 둔 가방을 들고 할아버지를 따라갔다. 미행을 눈치 챈 할아버지가 어디에 가느냐고 물으면 도서관에 간다고 둘러댈 참이었다. 그런데 할아버지는 앞만 보고 걸었다. 나는 일정한 거리를 두고 할아버지를 뒤따라갔다. 할아버지는 종로도서관 쪽으로 올라갔다. 그쪽은 나도 여러 번 가 본 적이 있기 때문에 편한 마음으로 뒤를 밟았다. 그런데 도서관 앞에서 길이 두 갈래로 갈라졌다.

'어디로 가셨지?'

나는 허둥거리며 할아버지를 찾다가 도서관 쪽으로 올라가 보았다. 할아버지가 보이지 않았다. 나는 얼른 아래쪽으로 내려왔다. 숲 사이로 나 있는 길을 따라 한참 올라가니 운동복을 입은 할머니 두 분이 내려왔다.

"저기요, 할머니 여기 할아버지 한 분 지나가시는 거 못 봤어요?"

"어떤 할아버지 말이냐?"

"머리가 하얗고 눈썹도 하얀 할아버지요."

"박 영감 같은데?"

"예, 맞아요, 박 영감."

부동산 할아버지에게 들었던 말이 생각나 크게 맞장구를 치자 할머니들이 소리 내어 웃었다.

"키가 자그마하니?"

그중 한 할머니가 물었다.

"예. 저보다 조금 더 커요."

"그럼 박 영감 맞구만." 하더니 할머니들이 왼편에 보이는 붉은 벽돌집을 가리키며 그쪽으로 가 보라고 했다.

"고맙습니다."

인사를 하고 난 뒤 나는 서둘러 붉은 벽돌집으로 갔다. 그런데 어디가 출입구인지 알 수가 없었다. 내가 집 주위를 기웃거리고 있을 때 머리가 반쯤 벗겨진 할아버지 한 분이 나타났다.

나는 박 영감님을 찾아왔다고 말했다.

"박 영감? 누구지?" 하며 할아버지가 고개를 갸웃거렸다.

박 영감이 여러 사람인 모양이었다. 나는 머리가 하얀 할아버지라고 말했다.

"여긴 다 머리가 허연 사람들만 오는 데야. 이름이 뭐야?"

"이영우인데요."

"아니, 니 이름 말고 박 영감 이름말이야."

"그건 잘 모르는데요."

"이름도 모르는 사람을 왜 찾아?"

할아버지가 나를 빤히 내려다보았다. 나는 할 말이 없어서 입을 꾹 다물었다.

"저 안에 영감들 수북이 앉아 있으니까 들어가서 찾아 봐."

할아버지가 더 묻지 않고 고갯짓으로 붉은 벽돌집을 가리켰다.

"어디로 들어가면 돼요?"

"저 위로 올라가면 출입문이 있어."

알고 봤더니 그 건물은 경로당이었다. 출입문 앞에 서서 나는 들어갈까 말까 망설였다. 할아버지를 찾으려면 경로당으로 들어가야 하는데, 막상 그 안으로 들어가서 할아버지를 만나면 뭐라고 해야 할지 난감했다. 나는 머리를 굴리며 한 가지 구실을 찾아냈다. 왜 왔느냐고 물으면 대문 열쇠를 안 가지고 왔다고 핑계를 댈 참이었다.

쭈뼛거리며 경로당 안으로 들어갔더니 거실에 앉아 있던 할머니들이 일제히 나를 쳐다봤다. 태어나서 그렇게 주목을 받아 본

적은 처음이었다. 당황하는 나를 보며 머리카락이 유난히 새카만 할머니가 물었다.

"어떻게 왔니?"

나는 재빨리 경로당 안을 둘러보면서 박 영감님을 찾아왔다고 말했다.

"어떤 박 영감?"

"머리가 하얗고 키가 작은 분이요."

"아, 그 박 영감. 여기 없어.

"그럼 어디 있는데요?"

"활터로 올라가 봐."

"예?"

내가 말귀를 못 알아듣자 할머니가 답답하다는 듯 목소리를 높였다.

"활 쏘러 갔으니까 저 위로 올라가 보라고."

그래도 내가 무슨 말인지 몰라 멍한 표정을 짓고 있으니 또 다른 할머니가 친절하게 설명을 해 주었다.

"박 영감님은 활을 쏘러 가셨을 거야. 여기서 조금 더 위쪽으로 올라가면 황학정이라는 정자가 나오니까 거기 한번 가 봐."

"고맙습니다."

나는 꾸벅 인사를 했다. 그런데 어디선가 그 할머니를 본 것 같은 느낌이 들었다.

'어디서 봤지?'

고개를 갸웃거리며 경로당을 나왔다. 황학정으로 올라가는 동안 나는 할아버지가 멋있게 활을 쏘는 장면을 상상했다. 그런데 할아버지는 커다란 소나무 밑에 놓인 정자에 앉아 다른 할아버지들과 바둑을 두고 있었다. 순간 아쉬운 마음이 들었지만 크게 실망하지는 않았다. 즐겨 봤던 만화영화에서도 고수들은 주로 바둑을 뒀으니까.

숨어서 누군가를 몰래 지켜보는 일은 힘들었다. 처음에는 형사가 된 것 같은 기분으로 잠복을 하겠다고 생각했는데 시간이 지날수록 몸이 비비 틀어졌다. 다리도 아프고 오줌도 마려웠다. 그래도 억지로 참아 보려고 했는데 더 이상 참을 수가 없었다. 나는 근처에 있는 국궁전시관으로 달려갔다.

오줌을 누고 나오니 할아버지가 계단을 내려오고 있었다. 나는 얼른 벽 뒤로 몸을 숨겼다. 할아버지는 같이 바둑을 두던 분들과 두런두런 이야기를 나누며 경로당으로 갔다.

나도 경로당 앞까지 할아버지를 따라갔다. 음식 냄새가 났다. 할아버지와 할머니들이 경로당에서 점심을 드시는 것 같았다. 내일 다시 할아버지를 미행하기로 하고 나는 집으로 돌아왔다.

7

할아버지를 따라다니는 동안 나는 몇 가지 사실을 알게 되었다. 할아버지는 9시에서 10시 사이에 경로당으로 갔다. 거기서 바둑을 두다가 점심을 먹고 황학정으로 가기도 하고, 먼저 황학정에 가서 시간을 보내다가 점심때가 되면 경로당으로 내려오기도 했다. 그 사이 나는 할아버지가 활을 쏘는 모습을 딱 두 번 보았다. 멀리서 봤기 때문에 잘 쏘는지 못 쏘는지는 알 수가 없었다.

누군가를 미행하는 건 매우 어려운 일이다. 특히 숨을 곳이 없을 때는 더 곤란하다. 나는 단군 성전과 황학정 사이를 오락가락하며 할아버지를 기다렸다. 저녁때가 되면 할아버지는 친구들과 가끔 해장국집으로 갔다. 할아버지가 좋아하는 음식점은 내가 불량배 삼총사를 만나 봉변을 당할 뻔한 동네 어귀에 있었다.

일주일쯤 할아버지를 따라다니다가 나는 미행을 접기로 했다. 할아버지가 고수다운 모습을 보여 주지 않아 실망한 것이 첫 번째 이유였고, 미행이 따분하고 지루해 더 이상 계속하기 싫어진 게 두 번째 이유였다.

집을 나온 지 어느 새 석 달이 되어 가고 있었다. 나는 새로운 삶에 조금씩 적응을 했다. 처음에는 아버지가 불쑥 나타날까 봐 극도로 긴장을 하며 주위를 두리번거렸는데 시간이 지날수록 경계심이 옅어졌다. 이대로 평화롭게 살고 싶다는 생각이 들었다. 하지만 가끔 외롭다는 느낌이 들 때도 있었다. 아이들이 모두 학교에 가 있을 시간에 홀로 도서관에 앉아 있다 보면 그런 생각이 불현듯 들곤 했다.

'결석을 한 지 며칠이나 됐지?'

날짜를 꼽아 보기도 했다. 그러다 나처럼 오래 결석을 하면 어떻게 되나 궁금해서 인터넷을 검색해 봤더니, 90일간 무단결석을 하면 자동으로 퇴학이 된다는 내용이 나와 있었다.

나는 '무단결석'과 '퇴학'에 관련된 글들을 찾아 읽었다. 오랫동안 무단결석을 하면 학교에서 가정폭력을 의심하기 때문에 만약 학교에 다니고 싶지 않다면 부모님이 선생님을 찾아가 학교에 다닐 수 없는 이유를 설명하고 자퇴서를 제출해야 된다고 나와 있었다.

나는 선생님들이 가정폭력으로 아버지를 의심해 주기를 바랐다. 그러면 정체를 들키지 않으려고 아버지가 우리를 찾지 않을 수도 있을 테니까. 그런 기적이 제발 일어나 주기를 바라며 나는 집과 도서관을 오락가락했다. 그러던 어느 날이었다. 점심을 먹으러 집으로 가고 있는데 불량배 삼총사가 내 앞에 불쑥 나타났다. 나는 너무 놀라 딸꾹질을 했다. 아버지만 무사히 피하면 내 삶이 평화로울 줄 알았는데 또 다른 위험이 도사리고 있었던 것이다.

"드디어 만났군."

그들은 나를 찾아다닌 것 같았다.

'위험해. 도망쳐!'

머릿속에서 경고음이 들렸다. 하지만 발이 떨어지지 않았다.

채 200미터가 안 되는 곳에 파출소가 있는데도 그들은 유유히 내게 다가오더니 어깨동무를 했다. 그리고 장난을 치는 것처럼 히히덕거리며 나를 사직아파트 뒤쪽으로 끌고 갔다. 그곳은 내가 매일 지나다니는 길목이었다. 인적이 뜸한 걸 그들도 알고 있는 것 같았다.

'제발 지나가는 사람들이 있기를…….'

나는 마음속으로 빌고 또 빌었다.

"형들이 너 보고 싶어 한 거 알지?"

막다른 골목으로 나를 끌고 가더니 앞니 사이가 벌어진 놈이 물었다.

나는 두려움에 사로잡혀 눈알만 떼룩떼룩 굴리고 있었다.

실실 웃는 그들을 보니 더욱 겁이 났다.

"넌 우리한테 찍혔어, 새끼야."

한 놈이 내 머리를 툭 쳤다. 거친 말과 동시에 머리를 때리는 게 버릇인 모양이었다. 나는 반사적으로 머리를 감싸 안았다.

"어쭈, 막아 보겠다 이거지?" 하더니 그들이 무차별적으로 내 머리를 때리기 시작했다. 일단 겁을 준 뒤에 나를 자기들 뜻대로 움직이게 만들려는 것 같았다. 나는 몸을 동그랗게 말고 주저앉았다.

"한두 번 맞아 본 솜씨가 아닌데?"

"그 봐, 내가 냄새가 난다고 했지? 이 새끼 왕따야." 하며 내게 발길질을 했다.

그때 멀리서 두런두런 말소리가 들려왔다.

'살려 주세요!'

나는 비명을 지르고 싶었다. 하지만 몸과 마음이 따로 놀았다. 아버지는 내가 소리를 지르면 더 심하게 매질을 했다. 나는 혹시라도 소리가 새어 나올까 봐 입술을 앙다물었다.

말소리가 가까워지자 그들이 발길질을 멈추었다. 나는 간절한 눈빛으로 빌었다. 사람들이 이 앞을 지나가다가 나를 봐 주기를, 그리고 구해 주기를……. 그런데 한 가지는 이뤄지고 한 가지는 이뤄지지 않았다. 아주머니들이 나를 보고도 지나쳐 간 것이다.

나는 절망했다.

"새끼야, 지난번에 우리가 얼마나 쪽팔린 줄 알아? 그 영감 집이 어디야?"

아주머니들이 사라지고 나자 그들이 더 세게 나를 짓밟았다. 이러다 죽을 수도 있겠구나, 싶었다. 그때 앞니 사이가 벌어진 놈이 말했다.

"야, 이제 그만 가자."

"왜? 밟으려면 확실히 밟아야지……."

동네북처럼 내 머리를 툭툭 때리던 놈이 말했다.

"넌 그게 문제야 새끼야. 그 아줌마들이 가다가 신고라도 하면 어쩔 거야?"

"완전 쫄았던데 뭐."

"그러다 짭새 뜨면 네가 책임질래?"

"아니, 뭐 꼭 그렇다는 건 아니고……."

말을 마친 놈들이 내게 엄포를 놓았다.

"3일 시간 줄 테니까 영감 집이 어디 있는지 알아내. 못 알아내면 알지?"

오른손으로 찍 목을 긋는 시늉을 하고 난 뒤 그들은 유유히 사라졌다.

나는 한참 동안 그 자리에 앉아 있었다. 나와 눈이 마주치자 황급히 고개를 돌리던 아주머니의 모습이 떠올랐다. 그 아주머니는 겁에 질린 얼굴로 옆 사람의 팔을 끌며 바삐 나를 지나쳐 갔다. 나를 때린 놈들보다 그 아주머니가 더 밉고 원망스러웠다. 나는 비참한 기분을 느끼며 조금 울었다. 괴물을 피해 도망친 곳에서 굶주린 늑대 세 마리를 만난 것 같았다. 집으로 돌아온 뒤 나는 쓰러져 눕고 말았다.

"영우야, 영우야, 정신 좀 차려 봐."

엄마가 나를 흔들어 깨웠다.

끙끙 앓다가 잠이 들었나 보다.

온몸이 부서지는 것처럼 아팠다. 아버지에게 매를 맞았을 때와는 차원이 다른 아픔이었다. 그때는 몸보다 마음이 훨씬 더 아팠는데 지금은 몸이 비명을 지르고 있었다.

"세상에 이게 무슨 일이야? 왜 이래? 응?"

엄마가 옷을 들추고 내 몸을 살펴보았다. 손이 닿을 때마다 으윽, 으윽, 신음 소리가 터져 나왔다.

"무슨 일이오?"

주무시다 일어났는지 할아버지가 파자마 바람으로 방문 앞에서 있었다.

"뼈가 부러졌나 봐요. 애가 움직이지를 못해요."

엄마가 울먹이며 어찌할 바를 모르고 있었다.

"비켜 보시오."

할아버지가 방 안으로 들어와 조심스럽게 내 팔다리를 만져 보더니 뼈가 부러진 건 아닌 거 같다고 했다.

"어떻게 아세요?"

"그냥 보면 알아요. 그래도 내일 아침에 병원에 한번 데리고 가 보시오."

"어쩌다 이랬니? 엉?"

엄마가 울상을 지으며 물었다.

나는 도서관에 갔다 오다가 불량배들을 만났다고 말했다.

"이제부터는 꼼짝 말고 집에 있어."

그게 얼마나 힘든 일인 줄 알면서도 나는 순순히 고개를 끄덕였다.

다음 날 아침 엄마는 가게를 하루 쉬고 나를 병원에 데리고 가려 했다. 그런데 주인아주머니가 갑자기 그러면 어디서 사람을 구하느냐며 곤란해 했다. 그때 엄마는 할아버지의 휴대폰을 빌려 통화를 했는데 주인아주머니와 나누는 이야기가 스피커폰을 켜 놓은 것처럼 다 들렸다. 할아버지가 "이리 줘 보슈!" 하면서 휴대폰을 낚아챘다.

"그 참 애가 아프다는데 야박하게 구네. 애기 엄마 출근할 테니 그리 아슈!"

말을 마친 할아버지가 전화를 툭 끊어 버렸다.

"아니, 그렇게 전화를 끊으시면 어떡해요?"

당황한 엄마가 곤란한 표정을 지으며 말하자 할아버지가 대수롭지 않게 말했다.

"얘는 내가 병원에 데리고 갈 테니까 애기 엄마는 출근하슈."

"예?"

"너 걸을 수 있지?"

할아버지가 나를 보며 물었다.

"예."

나는 얼결에 대답을 했다.

"그럼 됐네. 내가 업고 갈 것도 아닌데 못 갈 거야 없지. 애기 엄마가 나보다 이 동네를 잘 알아요? 아니면 내가 아픈 애를 어디 팔아먹기라도 할까 봐 그러슈? 걱정 말고 출근해요. 이런 일은 할 일 없는 늙은이한테 맡기고." 하더니 할아버지가 휘적휘적 방으로 들어가 버렸다.

할아버지가 나를 데리고 간 곳은 병원이 아니라 허름한 건물 2

층에 있는 침술원이었다.

“아침부터 웬일이야?”

머리가 훌렁 벗겨진 통통한 할아버지가 우리를 맞아 주었다. 나이는 할아버지만큼이나 많아 보였다.

“어떤 놈들이 애를 작신 밟아 놨어. 뼈가 부러지지는 않은 것 같은데, 자네가 한번 봐 줘.”

“의사도 아닌 놈이 뭘 안다고 뼈가 부러졌네 마네 하는 거야?”

“그러는 너는 의사냐?”

“아닌 줄 알면서 왜 내 집에 아픈 애를 데리고 와?”

두 분은 아무 말이나 막 해도 될 만큼 친한 사이인 것 같았다.

“이리 와서 누워 봐.”

침술원 할아버지가 말했다. 나는 침대로 갔다. 침술원 할아버지가 애벌레를 닮은 통통한 손으로 내 몸을 여기저기 만져 보더니 뼈가 부러진 건 아니라고 했다.

“그 봐. 내 말이 맞다니까.”

할아버지가 의기양양한 표정을 지었다.

“많이 맞아 본 놈이라 뭐가 달라도 다르네.”

침술원 할아버지가 비웃는 듯한 말투로 약을 올리자 할아버지가 버럭 소리를 질렀다.

“내가 언제 맞았다고 그래?”

"한두 번이라야 내가 그걸 다 기억하지."

"헛소리하지 말고 약이나 두어 첩 지어 줘."

"직접 챙기는 거 보니까 각별한 사이인 것 같은데 누구야, 제자야?"

"이 나이에 제자는 무슨……." 하며 할아버지가 고개를 돌렸다.

"그러게. 이제 제자 안 키운다더니 웬 아이인가 해서 그러지."

귀가 솔깃해졌다. 두 분의 이야기를 들으며 나는 할아버지가 고수라는 확신을 갖게 되었다.

침술원을 나온 뒤 할아버지는 곧장 집으로 가지 않고 파출소로 갔다.

"영감님이 여기까지 웬일이세요?"

파출소장이 깜짝 놀라며 물었다.

"백주대낮에 애가 이 지경이 될 때까지 파출소에서는 대체 뭘 한 거야?"

멍이 들어 총천연색으로 변해 버린 내 몸을 보여 주며 할아버지가 호통을 치자 파출소장이 물었다.

"누가 그런 거야?"

사실대로 말하면 그놈들이 보복을 할 것 같았다.

나는 계단에서 굴러떨어졌다고 거짓말을 했다.

'어떻게 된 일이에요?'

파출소장이 눈빛으로 할아버지에게 묻고 있었다.

할아버지가 답답하다는 듯 목청을 높였다.

“설마 애 말을 믿는 건 아니겠지? 이게 굴러떨어져서 생길 상처야? 백팔계단에서 굴러떨어져도 이 정도는 안 다치겠다. 민중의 지팡이들이 시민의 안전을 지켜야지 말이야, 이래서야 어디 무서워서 나다닐 수가 있겠어?”

할아버지는 순찰을 강화하겠다는 약속을 받고 난 뒤에야 파출소를 나왔다.

8

끼익~.

대문 열리는 소리가 들렸다. 고개를 돌려 봤더니 놈들이 집 안으로 들어서고 있었다. 나는 창고 위로 달아났다. 놈들이 웃으며 나를 쫓아왔다. 나는 도주로를 따라 달렸다. 한참을 달리다 보니 누군가 내 손을 낚아챘다. 쳐다봤더니 놈들은 온데간데없고 아버지가 서 있었다.

'헉!'

숨이 막혔다. 나는 버둥거리며 아버지의 손아귀를 벗어나려 했다. 하지만 손가락 끝도 까딱할 수 없었다. 누가 내 몸에 시멘트를 부어 놓은 것 같았다.

'으아아악~'

답답해서 비명을 질렀는데 목소리가 나오지 않았다. 가슴이 터질 것 같았다. 나는 발버둥을 치며 울었다. 눈물은 나는데 눈을 뜰 수가 없었다. 그때 누군가 내 몸을 툭 쳤고, 마법처럼 굳어 있던 몸이 풀리면서 감겼던 눈이 조금 벌어졌다.

"가위 눌린 모양이로구나. 일어나서 이것 좀 먹고 자거라."

할아버지가 축축하게 젖은 베개를 빼내고 목덜미 아래로 손을 넣더니 조심스럽게 나를 일으켜 앉혔다. 눈가에 고여 있던 눈물이 볼을 타고 흘러내렸다. 할아버지가 죽 그릇을 내 앞으로 밀어주었다. 참기름 냄새가 솔솔 나는 흰죽이었다. 그 순간 왜 눈물이 터져 나왔는지 나도 잘 모르겠다. 무릎 위에 얼굴을 묻고 엉엉 울었다.

그날 이후 나는 집에 틀어박혀 엄마가 사다 준 문제집을 풀거나 나노 퍼즐을 맞추며 놀았다. 그들을 만날까 봐 겁이 나서 집 밖으로 나갈 수가 없었다. 답답해도 조금만 참고 기다려 달라고 엄마가 말했다. 더 먼 곳으로 달아나기 위해 엄마는 차곡차곡 돈을 모으고 있었다. 엄마는 외국으로 가자고 말했다. 어느 나라로 갈지는 아직 정하지 않은 것 같았는데 그곳에 가면 정말 안전해질까, 하는 생각이 들었다.

미어캣이 보초를 서는 장면이 떠올랐다. 미어캣은 남아프리카

지역에 살고 있는 작은 동물로 몸길이가 50센티미터 정도밖에 안 된다. 얼굴은 다람쥐처럼 생겼는데 눈이 커서 무척 귀여워 보인다. 사람들은 미어캣을 '사막의 파수꾼'이라 부른다. 이런 별명이 붙은 이유는 몸집이 작고 약한 미어캣이 천적의 공격을 피하기 위해 보초를 세워 두기 때문이다. 맹수들은 사방에 널려 있었다. 메마르고 거친 사막의 구석진 곳에서 신경을 곤두세우고 주변을 경계하는 미어캣의 모습이 나를 닮은 것 같았다.

좁은 방 안에는 내가 조립해 놓은 캐릭터 인형들이 하나둘 늘어났다. 나는 수시로 망원경을 들고 창고 위로 올라가 망을 봤다. 파출소장이 약속을 지켰기 때문인지 몰라도 불량배 삼총사의 모습이 보이지 않았다. 그래도 나는 집 밖으로 나가지 않았다. 그러는 사이 여름이 지나가고 있었다.

어느 날 툇마루에 앉아 있는 나를 보더니 할아버지가 물었다.

"언제까지 이렇게 지낼 거냐?"

느닷없는 질문이 당황스러워 나는 눈을 끔벅이며 할아버지를 쳐다봤다.

"따라오너라."

할아버지가 대문을 나서며 말했다.

나는 툇마루에 그대로 앉아 있었다.

"늙어 죽을 때까지 집 안에 갇혀 지낼 참이냐?"

할아버지가 버럭 소리를 질렀다. 나는 깜짝 놀라 일어났다. 내 걱정을 하는 게 느껴졌다. 하지만 선뜻 발걸음이 떨어지지 않았다. 내가 따라 나설 때까지 기다리겠다는 듯 할아버지가 대문 앞에 우두커니 서 있었다. 나는 하는 수 없이 할아버지를 따라갔다. 골목에는 초가을 햇살이 쏟아져 내리고 있었다. 할아버지가 성큼성큼 앞장 서 걸었다. 춤을 추는 듯 걸음걸이가 가벼워 보였다.

교회 앞을 지날 때, 자석에 이끌린 쇳가루처럼 내 고개가 왼쪽으로 스르륵 돌아갔다. 몰매를 맞던 기억이 되살아나면서 심장이 꽉 조여들었다. 나는 할아버지 곁으로 다가섰다. 후미진 골목 뒤쪽 어딘가에 그들이 숨어 나를 지켜보고 있다가 불쑥 튀어나올 것 같았다.

할아버지는 황학정을 지나 산길로 접어들었다. 나무 계단 입구에는 '인왕산 자락길'이라는 표지판이 붙어 있었다. 나는 중간쯤 계단을 오르다 발걸음을 멈추고 두릿두릿 주변을 살폈다. 지나다니는 사람이 한 명도 없었다.

"안 잡아먹을 테니 겁내지 말고 따라오너라."

어느 새 등성이로 올라선 할아버지가 나를 보며 말했다. 나는 할아버지를 따라갔다. 조금 더 올라가니 작은 공터가 나왔다. 몇 가지 운동기구가 놓여 있는 그곳에는 '택견 수련터'라는 표지판이 세워져 있었다. 할아버지는 그곳을 지나쳐 아래쪽으로 내려갔다. 사람들이 다닌 흔적이 별로 없는 길이었다. 어지럽게 뻗어 있는 나뭇가지를 헤치며 할아버지가 계속 앞으로 갔다.

"어디까지 가시는 거예요?"

낯선 길이 계속되자 조금 불안해졌다. 물론 할아버지가 나를 해치지는 않겠지만 처음 와 본 장소에서 느끼는 두려움 같은 것이 밀려왔다.

할아버지는 대답을 하지 않고 계속 걸었다. 골짜기 쪽에서 바람이 불어왔다. 나무들이 쏴쏴 몸을 흔들자 그림자들이 일렁거리고 그 사이로 햇빛이 들락날락거렸다. 그걸 보고 있으니 기분이 이상해졌다. 앞서 걷던 할아버지가 잎이 넓적한 나무 앞에서 걸음을 멈췄다. 그 나무는 별로 크지 않았다.

할아버지가 나뭇가지를 젖히자 봉긋 솟아오른 바위가 보였다. 할아버지가 그 바위 위로 올라갔다. 별로 크지도 않은 바위에 할아버지가 올라선 모습을 보니 위태로워 보였다. 그런데 할아버지가 손짓을 하며 올라오라고 했다. 나는 고개를 저었다.

"괜찮으니까 올라와."

망설이는 나를 향해 할아버지가 손을 뻗었다. 나는 움푹움푹 패인 자국을 딛고 위로 올라갔다. 바위는 생각했던 것보다 넓었다.

"저기 보이는 저 건물이 뭔지 아느냐?"

할아버지가 정면을 가리키며 물었다.

"몰라요."

"저게 남산타워다. 왼쪽에 보이는 저 기와집은 경복궁이고, 그 뒤에 보이는 파란색 지붕은 청와대야."

할아버지가 멀리 보이는 건물을 일일이 손으로 가리키며 설명을 해 주었다. 나는 크게 심호흡을 하며 아래쪽을 내려다보았다. 숲을 건너온 바람이 가슴에 쌓인 울분을 씻어 주는 것 같았다.

"집에 있는 것보다 낫지?"

순순히 고개가 끄덕여졌다.

"이 바위 이름이 뭔지 아느냐?"

내가 대답을 못 하자 할아버지가 감투바위라고 말해 주었다.

'감투가 뭐지? 도깨비감투 할 때 그 감툰가?'

속으로 이런 생각을 하고 있는데 할아버지가 바위 모양이 감투처럼 생겨서 그런 이름이 붙었다고 설명해 주었다. 집에 있을 때보다 할아버지의 말투가 훨씬 부드러웠다.

"억울하고 분할 때는 돌멩이라도 걷어차야 돼. 안 그러면 아무것도 바꿀 수 없어."

혼잣말을 하며 아래로 내려간 할아버지가 바위에 움푹움푹 패인 자국을 보며 또 다시 질문을 던졌다.

"이게 뭔지 아느냐?"

바위 이름도 모르는데 그걸 내가 알 턱이 없었다.

“택견꾼들이 몰래 숨어서 수련을 하던 발자국이야. 얼마나 많이 바위를 밟아 댔으면 이런 자국이 생겼겠느냐?”

〈전설의 고향〉에나 나올 법한 이야기였다. 내가 미지근한 반응을 보이자 그럴 줄 알았다는 듯 할아버지가 씩 웃더니 왼쪽 다리를 번쩍 들어 움푹 팬 홈에다 발바닥을 갖다 댔다.

홈 안으로 발이 쏙 들어갔다. 신기했다. 그렇다고 할아버지의 말을 믿은 것은 아니었지만 나도 모르게 말문이 터졌다. 나는 왜 택견꾼들이 숨어서 수련을 했느냐고 물었다.

“그야 일본 놈들이 택견을 금지했기 때문이지. 나라도 사람도 힘이 없으면 억울한 일을 당하게 마련이야.”

할아버지가 후욱 한숨을 내쉬며 감투바위를 쓰다듬었다. 할아버지가 나를 그곳에 데리고 온 이유가 있는 것 같았다.

‘그게 뭘까?’

궁금증이 머리를 스치는 순간 엉뚱한 문제의 해답이 떠올랐다.

‘할아버지는 택견 고수다.’

올라오면서 봤던 표지판과 감투바위와 할아버지가 보여 줬던 놀라운 능력이 동시에 연결되면서 내가 그토록 알고 싶었던 할아버지의 정체가 밝혀진 것이다. 호기심을 느끼며 나는 할아버지에게 물었다.

“왜 일본이 택견을 금지했는데요?”

"위협이 된다고 느꼈겠지. 택견은 우리 고유의 무술이거든."

할아버지가 힐끗 내 얼굴을 보더니 옛날이야기를 하듯 택견꾼들의 이야기를 들려주었다.

"시합이 열릴 때면 서울 장안이 왁자지껄할 정도로 구경꾼들이 모여들었지. 일본 놈들은 우리가 모이는 걸 싫어했어. 하나보다는 여럿이 모이면 힘이 세진다는 걸 알았으니까. 그들은 조선인들이 강해지는 걸 원치 않았어. 그래야 쉽게 우리나라를 지배할 수 있을 테니까. 저항정신이나 민족의식 같은 것들을 아예 말살하려든 거지. 하지만 밟으면 밟을수록 꿈틀하는 사람들이 어디에나 있게 마련이지. 내 스승님도 그런 분이었단다."

나는 할아버지에게 언제부터 택견을 배웠느냐고 물었다.

"너만 할 때부터 배웠지."

"택견을 배우면 할아버지처럼 강해질 수 있나요?"

"그야 너 하기 나름이지."

마음에 들지 않는 대답이었다. 실망하는 내 꼴이 측은해 보였는지 할아버지가 위로 삼아 한마디를 더 해 주었다.

"세상을 살아가려면 자기만의 무기를 하나쯤은 가지고 있어야 해. 그게 꼭 택견일 필요는 없지만 아무것도 안 하는 것보다는 뭐라도 하는 게 나을 거다."

나는 어떻게 하면 택견을 배울 수 있느냐고 물었다.

"가벼운 운동화하고 움직이기 편한 옷 준비해서 내일 아침 열 시까지 경로당으로 와."

말을 마친 할아버지가 휘적휘적 산을 내려갔다.

9

다음 날 아침 열 시에 나는 경로당 문을 열고 들어갔다. 거실에 소복이 앉아 있던 할머니들이 일제히 나를 쳐다보았다.

"어떻게 왔니?"

김명순 할머니가 물었다. 그 할머니는 유난히 내게 친절했던 할머니였는데 알고 봤더니 도서관에서도 만난 적이 있었다. 그 할머니의 이름이 김명순이라는 것은 나중에 알게 되었다.

"내 손님입니다."

방 안에서 바둑 구경을 하고 있던 할아버지가 먼저 나를 알아보고 일어났다.

"누구야?"

옆에 있던 할아버지가 물었다.

"제자야."

"뭘 가르치는데요?"

김명순 할머니는 내게 관심이 무척 많은 것 같았다.

"택견이요."

할아버지가 짧게 대답을 하고 밖으로 나갔다. 우리는 경로당 아래쪽에 있는 작은 공터로 갔다. 그곳에는 운동기구가 몇 가지 설치되어 있었다. 할아버지가 내 옷차림을 쓰윽 훑어보더니 품밟기를 가르쳐 주겠다고 했다. 이제부터 엄청 멋지고 폼 나는 일이 벌어질 거라 기대했는데 예상과 달리 품밟기는 엄청 간단하고 시시해 보이는 동작이었다.

"한번 해 봐."

할아버지가 말했다.

나는 본 대로 따라했다. 다리를 어깨 너비로 벌리고 섰다가 양쪽 다리를 번갈아 가며 앞으로 폈다, 뒤로 뺐다 하는 게 전부였다.

"무릎을 굼실굼실 움직여야지. 몸에 힘주지 말고."

할아버지가 다시 시범을 보였다. 나는 할아버지를 따라했다. 똑같이 한다고 생각했는데 마음에 들지 않았는지 할아버지는 숲 쪽으로 가더니 나뭇가지 하나를 주워 왔다. 그리고 흙바닥에 네모를 세 개 그린 후 설명을 해 주었다.

"이게 품 자야. 다리를 이렇게 내밀어서 윗부분을 꾹 밟으면 되는 거지."

나는 다시 할아버지를 따라했다.

"오금을 더 굽혀야지. 팔에는 힘 빼고 몸이 움직이는 대로 굼실굼실, 그렇지."

내가 하는 양을 한참 더 보고 있다가 할아버지가 연습을 하라는 말을 남기고 경로당으로 가 버렸다.

나는 혼자서 품밟기 연습을 했다. 한참 하다 보니 저절로 리듬을 타게 되었다.

"하나 둘 셋, 하나 둘 셋……."

박자를 세며 품밟기 연습을 했다. 보기에는 별 것 아닌 것 같은데 한참을 하고 나니 땀이 났다.

할아버지는 한 시간이 지나도록 밖으로 나오지 않았다.

'이걸 언제까지 해야 되는 거야?'

나는 가끔 동작을 멈추고 경로당 쪽을 쳐다보았다. 할아버지는 12시가 거의 다 되어서야 아래로 내려왔다.

"언제까지 해요?"

내가 묻자 할아버지가 대답했다.

"잘할 때까지 해야지."

"예?"

"택견은 품밟기가 전부야. 그것만 잘하면 돼."

이토록 단순한 동작이 택견의 전부라니, 실망스러웠다. 그런 나를 보며 할아버지가 밥을 먹으러 가자고 했다. 집으로 가는 줄 알았는데 할아버지는 나를 데리고 경로당으로 갔다.

"어여 와."

할머니들이 손짓을 하며 나를 반겨 주었다. 나는 어른들 틈에 끼어 앉아 밥을 먹었다.

"손자야?"

할아버지 옆에 앉아 있던 분이 물었다. 그러자 다른 분이 냉큼 끼어들었다.

"손자는 무슨, 자식도 없는데."

그러자 또 다른 분이 박 영감을 알고 지낸 지가 몇 년짼데 그것도 몰랐느냐며 핀잔을 주었다.

"아, 내 자식이 몇인가도 깜빡깜빡하는데 남의 자식이 있는지 없는지 어떻게 알아?" 하며 그분이 화를 냈다.

"하긴 그래. 나는 요새 내 이름도 생각이 안 난다니까!"

어떤 분이 이렇게 말하자 둘러앉아 있던 사람들이 허허 웃었다.

"남의 일에 신경 끄고 밥이나 먹어."

할아버지가 말했다.

"몇 살이냐?"

내 옆에 앉아 있던 분이 물었다. 나는 열네 살이라고 말했다.

"열네 살이면 중학생인가?"

"그런데 왜 학교를 안 갔지?"

"방학인가 보지."

"지금이 몇 월인데 방학이야?"

"아, 요새는 재량휴일인가 뭔가 하는 것도 있대요."

"우리 학교 다닐 때는 그런 것도 없었어."

"없는 게 어디 그뿐이었나? 먹고 입고 쓰는 것이 다 부족했지."

하며 어른들이 중구난방으로 떠들어 댔다. 나는 정신이 하나도 없었다. 자기들끼리 이야기를 하다가도 어른들은 갑자기 내게 질문을 던졌다. 그것도 아주 대답하기 곤란한 질문을 직구로. 예를 들면 이런 식이었다.

"너도 왕따냐?"

"예?"

"요새는 그런 애들이 많다네. 지난번에 동대문에 사는 중학생이 옥상에서 떨어져 죽었는데 왕따였대."

"그런 애들이 한둘이야?"

"우리 때는 악착같이 살려고 기를 썼는데 요새 애들은 왜 툭하면 죽는지 모르겠어."

"오죽하면 그러겠어?"

"그럴수록 살아야지, 무슨 소리야?"

"그런 놈들은 월남으로 보내야 돼."

"여기서 월남 이야기가 왜 나오나?"

나는 어른들이 무슨 이야기를 하는지 알아들을 수가 없었다. 어른들은 대답을 듣기 위해 질문을 하는 게 아니었다. 그냥 말문을 트기 위해 내게 질문을 던져 놓고 자기들끼리 이야기를 나누었다. 그럴 때는 내가 옆에 있는지 없는지 신경도 쓰지 않았다. 나는 얼른 밥을 먹고 밖으로 나왔다.

검은 옷을 입은 남자가 공터에서 턱걸이를 하고 있었다. 나도 모르게 걸음을 멈추고 뒤를 돌아보았다. 경로당이 보이자 벌렁거리던 가슴이 조금 진정되는 것 같았다. 하지만 두려움이 완전히 사라진 건 아니었다. 나는 계단에 우두커니 서서 그 남자가 떠나기를 기다렸다. 그때 뒤쪽에서 발자국 소리가 났다. 김명순 할머니가 계단을 내려오고 있었다.

"뭐 하니?"

개미를 보고 있었다고 나는 얼떨결에 거짓말을 하고 말았다. 내 앞으로 다가온 할머니가 발부리를 내려다보더니 "어머, 진짜 개미집이 있네." 했다. 돌계단이 이어진 자리에 뻥뻥뻥 뚫린 구멍이 보였다. 그곳으로 작은 개미들이 들락거렸다. 미소 띤 얼굴로 개미를 내려다보던 할머니가 주머니에서 찢어진 과자봉지를 꺼냈다. 할머니가 허리를 구부리고 봉지를 탈탈 털자 개미들이 놀라 흩어졌다.

"무서워하지 마. 나 위험한 사람 아니야."

할머니가 말했다. 우왕좌왕하던 개미들이 과자 냄새를 맡고 모여들었다. 나는 할머니와 같이 계단에 서서 개미들이 과자부스러기를 물고 굴속으로 들어가는 것을 보았다. 제 몸집보다 큰 먹이를 물고 가는 개미도 있었다.

"계속 여기 있을 거야?"

나는 공터를 바라보았다. 턱걸이를 끝낸 남자가 철봉 근처에서 무엇인가를 하고 있었다. 내가 대답을 하지 않고 머뭇거리자 할머니가 먼저 공터로 내려갔다. 나는 천천히 할머니 뒤를 따라갔다. 할머니는 자전거 바퀴처럼 생긴 운동기구 쪽으로 가더니 볼록 튀어나온 손잡이를 잡고 빙빙 돌렸다. 어깨 운동을 하는 것 같았다.

나는 스트레칭을 하며 검은 옷을 입은 남자를 힐끔 훔쳐보았다. 남자는 이어폰을 꽂고 열심히 운동을 하고 있었다. 겉으로 보기에는 위험해 보이지 않았지만 안심을 하기는 일렀다. 괴물은 변신을 잘 하기 때문에 겉으로 봐서는 표시가 나지 않는다. 우리 아버지도 그랬다.

"요새는 도서관에 안 가?"

김명순 할머니가 물었다.

나는 오후에 간다고 말했다.

"택견 배워 보니 어때?"

"오늘 막 시작했는데요, 뭐."

"재미는 있니?"

아니오, 소리가 입 밖으로 튀어나올 것 같았다. 나는 입술을 꼭 다물었다. 할머니가 지그시 내 얼굴을 바라보더니 덧붙였다.

"혼자 하는 것보다 친구들하고 같이 하는 게 재미있을 것 같아서……. 다른 애들하고 같이 배워도 괜찮겠어?"

"예?"

"너만 괜찮다면 내가 박 영감님한테 한번 부탁을 해 보려고."

무엇을 어떻게 하겠다는 것인지 몰라 내가 멍한 표정을 짓고 있자 할머니가 좀 더 자세히 설명을 해 주었다.

"내가 잘 아는 사람이 이 근처에서 지역아동센터를 하는데 거기 다니는 아이들도 택견을 배우면 좋을 것 같아서……. 너하고 같이 배우면 좋잖아."

펄렁, 마음이 흔들렸다. 친구라는 말 때문인 것 같았다. 어려서부터 아버지가 짜 놓은 시간표대로 움직여야 했기 때문에 나는 제대로 된 친구를 가져 본 적이 없다. 아버지는 자신의 정체가 탄로 날까 봐 엄마와 나를 철저히 고립시켰다.

침술원에서 들었던 이야기가 떠오르면서 기분 좋은 설렘이 금방 사라져 버렸다. 나는 할아버지가 제자를 받지 않을 거라고 말했다.

"왜?"

"몰라요. 할아버지가 그렇게 말했어요."

"너는 받았잖아."

"예?"

"박 영감님한테 택견을 배우기로 한 거 아니야?"

"맞아요."

"그럼 제자지. 너를 받았으니까 다른 아이들도 받을 수 있을 거야. 네 생각은 어떠니?"

"……."

"혼자 하는 것보다는 친구들하고 같이 하는 게 좋겠지?"

고개가 저절로 끄덕여졌다. 할머니가 빙긋 웃더니 허리 돌리기를 하러 갔다.

기분이 요상했다. 이 세상에 엄마와 나, 달랑 둘뿐인 줄 알았는데 나를 걱정하고 챙겨 주는 사람이 한 명 더 생긴 것 같았다. 외롭고 괴로웠던 내 인생에 변화가 생길 것 같은 예감이 들면서 가슴이 훈훈해졌다.

10

삐그덕~.

대문 열리는 소리가 났다. 나는 방문을 열고 후다닥 마당으로 나갔다. 할아버지가 집 안으로 들어서고 있었다.

“혹시 김명순 할머니 만나셨어요?”

그게 누구냐고 할아버지가 물었다.

“왜 꽃무늬 셔츠 입은 할머니 있잖아요. 머리는 이만큼 길고, 빨간 뿔테 안경 쓰고 있는 할머니요.”

“아, 교장선생?”

“그 할머니가 교장선생님이에요?”

“그렇다고 하더구나. 그런데 그 할멈은 왜?”

할아버지는 아무것도 모르는 것 같았다. 실망스러웠다.

"아무것도 아니에요. 안녕히 주무세요."

인사를 하고 난 뒤 나는 방으로 들어갔다. 저녁을 먹었는데도 이상하게 배가 고팠다. 엄마가 아침에 만들어 놓고 간 볶음밥이 스티로폼 상자에 들어 있었다. 그 상자가 우리 집 냉장고였다. 나는 얼음이 녹아 흐물흐물해진 비닐 팩 위에 놓여 있는 플라스틱 통을 꺼냈다. 그 안에 먹다 남은 볶음밥이 들어 있었다. 엄마가 돌아오길 기다리며 나는 볶음밥을 꼭꼭 씹어 먹었다. 무엇인가를 잃어버린 것처럼 마음이 허전했다.

다음 날 아침 10시에 공터로 갔더니 할아버지가 기다리고 있었다. 운동을 시작하기 전에 할아버지가 물었다.

"너한테 지금 제일 필요한 게 뭔지 아느냐?"

"……."

"체력이다. 어떤 운동을 하든 체력이 기본이야. 그런데 넌……."

할아버지가 위아래로 나를 쓱 훑어보더니 이렇게 말했다.

"우선 다리 힘부터 길러야 하니까 감투바위까지 갔다 와."

"저 혼자요?"

"그럼 여기 또 누가 있냐?"

"할아버지 계시잖아요."

"이놈아, 난 이제 늙어서 기운 없어."

발길이 떨어지지 않았다. 인적이 드문 산길을 나 혼자 올라가야 한다니, 생각만으로도 등허리에 진땀이 날 지경이었다. 그런 내 사정을 아랑곳하지 않고 할아버지가 재촉을 했다.

"어서 올라가."

그래도 내가 미적거리자 할아버지가 주머니에서 빨간 호루라기를 꺼내 주었다.

"무슨 일 생기거든 이걸 세게 불어. 그럼 도와줄 사람이 나타날 거야."

호루라기는 어린 새의 부리처럼 연약해 보였다. 내가 계속 미적거리자 할아버지가 호통을 쳤다.

"졸지 마, 이놈아. 세상에 나쁜 사람만 있는 거 아니야."

나는 마지못해 발길을 옮겼다. 큰길을 올라가다 산책을 하는 사람들과 간간히 마주쳤는데, 그때마다 심장이 졸아드는 것 같았다.

다행히 감투바위로 가는 길에는 아무도 없었다. 나는 등성이를 향해 놓여 있는 나무 계단을 올랐다. 금방 공터가 나왔다. 대여섯 명만 들어서도 꽉 찰 것 같은 공터에는 밝은 햇빛이 한가득 고여 있었다.

어디선가 부스럭거리는 소리가 들렸다. 나는 깜짝 놀라 걸음을 멈추었다. 이름 모를 새 한 마리가 부리로 나뭇잎을 뒤적이다 고개를 갸웃거리며 나를 쳐다보더니 숲속으로 날아가 버렸다.

"겁내지 마. 겁내지 마."

나는 주문을 외우며 걸었다.

감투바위가 보이는 데까지 갔을 때 내 몸은 땀으로 흠뻑 젖어 있었다.

'이제 돌아가도 돼.'

마음속에서 속삭이는 소리가 들렸다. 그런데도 돌아서지 못했다. 어떤 아쉬움이 나를 붙잡았다. 나는 감투바위로 다가갔다. 움푹 팬 홈이 나더러 위로 올라가 보라고 말하는 것 같았다.

용기를 내 바위 위로 올라갔다. 시야가 확 트이면서 가슴이 후련해졌다. 나라도 사람도 힘이 없으면 대접을 받지 못하게 마련이라던 할아버지의 말이 떠올랐다. 다시는 잘못한 일도 없이 괴물들에게 끌려가 몰매를 맞고 싶지 않았다. 나는 가슴을 쫙 펴고 심호흡을 한 뒤 산을 내려왔다. 큰일을 해 낸 것처럼 뿌듯한 기분이 들었다. 그런 나를 보며 할아버지가 말했다.

"한 번 더 갔다 와."

"예?"

"아, 이놈아. 여기서 거기까지 서 발밖에 더 돼? 그러니까 후딱 한 번 더 갔다 오라고!"

싫다고 말하고 싶었다. 소리 내어 말하지 않아도 내 마음이 할아버지에게 전달된 것 같았다.

"너한테 지금 제일 필요한 게 뭐라고 하더냐?"

"체력이요."

"그 다음에는?"

"……."

"담력이야. 너는 깡을 키워야 돼." 하면서 할아버지가 내 등을 밀었다.

할아버지를 거역할 자신이 없었다. 나는 할아버지가 주신 호루라기를 꼭 쥐고 감투바위를 향해 걸었다. 도중에 사람을 보면 여전히 놀라 멈춰 섰지만 처음 갔을 때보다 확실히 겁이 덜 났다. 나는 천천히 한 걸음씩 감투바위를 향해 걸었다.

땀을 뻘뻘 흘리며 돌아온 나를 보고 할아버지가 한 번 더 갔다 오라고 했다. 이번에는 돌아올 시간도 정해 주었다.

아으~ 소리가 저절로 나왔다. 경로당에서 감투바위까지 삼사십 분 정도밖에 안 걸리는 짧은 거리라 해도 운동을 하지 않던 내게 세 번은 무리였다. 하지만 택견을 배우기로 한 이상 나는 할아버지가 시키는 대로 해야 한다.

후들거리는 다리를 이끌고 산길을 올랐다. 힘이 들자 이런저런 생각이 싹 사라지고 시간 안에 빨리 돌아가야 한다는 생각만 들었다. 나는 헉헉거리며 서둘러 아래로 내려왔다.

"밥 먹으러 가자."

어느 새 점심시간이 되어 있었다.

"집에 가서 먹고 올게요."

"뜨신 밥 해 놨는데 어딜 가겠다는 거야?"

할아버지는 마치 자기가 밥을 해 놓은 것처럼 말했다. 말투는 퉁명스러웠지만 내게 더운밥을 챙겨 먹이고 싶어 하는 할아버지의 마음이 느껴져 나는 경로당으로 갔다.

"어여 와."

할머니들이 나를 반겨 주었다. 김명순 할머니가 보이지 않았다.

'무슨 일이 생긴 건가?'

궁금했지만 물어보지 못했다.

어른들은 여전히 내게 관심이 많았다. 이름이 무엇이냐, 박 영감하고는 어떤 관계냐, 택견은 왜 배우려고 하느냐? 출세를 하려면 공부를 해야지 그깟 운동 나부랭이 배워 봐야 주먹질이나 한다부터 시작해서 할아버지에 대한 흉까지 이야깃거리는 무궁무진했다. 그중 제일 곤란한 질문은 아버지에 대한 것이었다.

"그래 아버지는 뭘 하시는고?"

어떤 할아버지가 이렇게 물었을 때 하마터면 사래가 걸릴 뻔했다. 나는 잠시 망설이다 사실대로 말했다.

"은행에 다녀요."

다른 질문이 이어지면 어쩌나 싶어 지레 걱정하고 있는데 다행히 어른들은 자기들끼리 이야기를 주고받았다. 요새 은행원들이 월급을 많이 받는다더라, 우리 아들도 은행 다닌다, 나는 사거리에 있는 신한은행을 다니는데 거기 직원이 무척 친절하다, 어느 은행에는 누룽지 맛 사탕이 있는데 어느 은행에는 박하 맛 사탕이 있다, 지난번에 보니까 어떤 할마시가 사탕을 한 주먹이나 집어 가더라, 그런 할마시들 때문에 죄 없는 노인들이 단체로 욕을 먹는 거야, 하면서 끝없이 이야기를 이어 갔다. 여전히 불편하고 정신이 없었지만 그래도 나는 경로당 분위기에 어느 정도 익숙해졌다.

11

나의 하루는 무척 단순했다. 오전에는 산길을 오르내리며 체력 훈련을 하고 오후에는 품밟기 연습을 했다. 오전은 후딱 지나갔다. 감투바위까지 세 번을 오르내리다 보면 어느 새 점심시간이 되어 있었다.

오후는 달팽이 걸음보다 더 느렸다. 할아버지는 일주일이 지나도록 새로운 기술을 가르쳐 주지 않았다. 택견을 배워 나 자신을 지키겠다고 굳게 결심했는데 혼자서 품밟기 연습을 하다 보니 나도 모르게 싫증이 났다. 그래서 김명순 할머니가 더 기다려졌다.

'아이들을 데리고 온다고 해 놓고 왜 경로당에 안 나오시는 걸까? 나한테 한 말이 다 뻥이었나? 혹시 할아버지하고 싸웠나?'

별별 생각이 다 들었다.

"넋 나간 놈처럼 멀거니 서서 뭐 하고 있는 거냐."

호통 소리에 돌아보니 할아버지가 내 쪽으로 성큼성큼 다가오고 있었다. 나는 흐느적거리며 품밟기를 했다.

"그렇게 하려거든 관둬라."

할아버지가 야단을 쳤다. 정신을 차리고 연습을 해야 되는데 영 신명이 나지 않았다.

"제대로 안 해?"

못마땅한 얼굴로 보고 있던 할아버지가 냅다 정강이뼈를 걷어찼다.

"아~!"

나는 비명을 지르며 다리를 감싸 쥐었다.

"멍청한 놈. 그걸 맞고 가만히 서 있냐? 얼른 피해야지."

할아버지가 쯧쯧 혀를 찼다.

나는 김명순 할머니가 왜 경로당에 나오지 않느냐고 물었다.

"그걸 왜 나한테 물어, 그 할멈한테 물어야지."

"혹시 할머니가 무슨 이야기 안 했어요?"

"무슨 이야기?"

"아니에요."

"싱거운 놈. 시작을 했으면 마무리를 지어야지, 왜 말을 하다 말

아. 네가 기다리는 게 그 할멈이냐? 아이들이냐?"

나는 깜짝 놀라 할아버지를 쳐다보았다.

"딴 데 정신 팔지 말고 연습해. 이 정도 공격은 피해야지." 하며 할아버지가 왼쪽 다리를 걷어차는 시늉을 했다. 나는 화들짝 놀라 뒤로 물러나다가 엉덩방아를 찧고 말았다. 품밟기 연습을 더 하라는 말을 남기고 할아버지가 황학정으로 올라갔다.

며칠 후 김명순 할머니가 아이들을 네 명 데리고 왔다. 깜짝 선물을 받은 것만큼 기뻤다. 네 명 중 두 명은 초등학생이었다. 률란을 닮은 오윤아가 그중 한 명이었다. 오윤아는 까무잡잡한 얼굴에 눈꼬리가 살짝 올라가 있어 인상이 사나워 보였는데 어찌나 새침한지 누가 무슨 말을 해도 잘 웃지 않았다. 오윤아와 같은 학년인 장상백은 호빵맨 같았다. 얼굴도 동글동글하고 눈도 동글동글하고 몸집도 동글동글해서 귀여운데 웃을 때면 눈이 반달 모양으로 변했다. 장상백은 말이 많은 아이였다. 중학생도 두 명 있었다. 나하고 같은 학년인 정유식은 《쿵푸팬더》의 주인공 같았다. 뚱뚱한 아이들이 대개 그렇듯 물렁물렁하고 성격이 좋아 보였다. 정유식은 장상백과 꿍짝이 잘 맞았다. 둘이 붙어 있으면 텔레토비 형제처럼 보이기도 했다. 나이가 제일 많은 김성준은 나보다 키가 두 뼘은 더 컸다. 나무젓가락처럼 삐쩍 마른 몸에 팔다리가 길어서 그런지 사마귀를 연상시켰다. 김성준을 보고 있으면 이상하게 마음이 불편했다. 천둥번개가 치기 전의 하늘처럼 컴컴하고 서늘한 분위기가 김성준의 몸을 감싸고 있는 것 같았다. 그 아이들은 일주일에 세 번 택견을 배우러 온다고 했다. 매일 오는 게 아니라서 조금 섭섭했지만 그래도 안 오는 것보다 훨씬 나았다. 인사가 끝나자 장상백이 까불거리며 할아버지에게 물었다.

"이제 똥 싼 바지 입어도 돼요?"

'이게 뭔 소리여?' 하는 표정으로 할아버지가 장상백을 보았다.

"이크에크 이크에크 이렇게 하는 거잖아요. 똥 싼 바지 입고."

장상백이 엉덩이를 실룩거리며 품밟기 흉내를 내자 할아버지가 말했다.

"누가 그렇게 하더냐?"

"텔레비전에서 개그맨들이 하는 거 봤어요."

"그렇게 하려거든 오지 마라."

퉁명스러운 말투에 분위기가 서늘해졌다. 나는 아이들이 지레 겁을 먹고 택견을 배우러 오지 않을까 봐 걱정이 됐다. 쓸데없는 걱정이었다. 장상백은 웬만해선 기가 죽지 않는다.

"똥 싼 바지 안 입어요, 할머니?"

모든 시선이 김명순 할머니에게 쏠렸다.

"제가 후원을 좀 받아 왔어요. 단체로 도복을 입으면 좋을 것 같아서…….”

할머니가 들고 온 비닐 가방에서 개량한복을 꺼내자 장상백이 제일 먼저 달려가 두 팔을 내밀었다. 보고 있던 할아버지가 괜한 짓을 했다는 듯한 말투로 구시렁거렸다.

“아주 정성이 뻗치셨구먼.”

“내용도 중요하지만 형식도 중요한 거 같더라고요. 옷을 갖춰 입으면 좀 더 그럴싸한 기분이 들 거예요.”

김명순 할머니가 이렇게 말하며 도복을 나눠 주었다. 우리는 근처에 있는 공중화장실로 가 옷을 갈아입고 나왔다. 처음에는 귀찮다고 생각했는데 옷을 갈아입고 나니 정말 그럴싸한 기분이 들었다. 서먹서먹한 느낌이 사라진 건 아니지만 그래도 아이들과 한 팀이 된 것 같았다.

할아버지가 아이들에게 품밟기를 가르쳐 주었다.

“이게 택견이야?”

장상백이 실망한 얼굴로 물었다.

나는 아이들이 흥미를 가질 수 있도록 할아버지가 좀 더 멋진 동작을 보여 주기를 바랐지만 할아버지는 나에게 했던 것과 똑같은 방식으로 아이들을 대했다. 나라도 열심히 해야 될 것 같았다. 나는 평소보다 더 열심히 품밟기를 했다. 혼자 할 때와는 전혀 다른 기분이 들면서 책임감이 생겨났다. 처음에는 동작이 제각각이었는데 옆 사람과 맞추다 보니 나중에는 얼추 움직임이 비슷해졌다.

"부드럽게 해, 부드럽게."

한참 동안 우리를 지켜보고 계시던 할아버지가 김성준을 가리키며 지적을 했다. 주눅이 들었는지 김성준이 동작을 멈추자 우리도 덩달아 멈추었다.

"몸이 굳으면 동작이 느려지고 다치기 쉬워. 그러니까 부드럽게 움직여."

말을 마친 할아버지가 한 번 더 시범을 보여 주었다. 우리는 할아버지를 따라했다.

"그렇지. 이렇게 해야지."

할아버지가 오윤아를 칭찬했다. 나는 품밟기를 하면서 힐끔힐끔 오윤아를 훔쳐보았다. 여자라 그런지 확실히 몸놀림이 유연한 것 같았다. 할아버지는 연습을 더 하라는 말을 남기고 경로당으로 올라가 버렸다. 김명순 할머니도 같이 갔다. 두 분이 사라지고 나자 장상백이 곧바로 정유식에게 장난을 걸었다.

"형 똥 쌌지?"

"죽을래?"

정유식이 주먹을 쥐고 을러 붙이는데도 장상백이 까불거리며 정유식의 바지를 건드렸다.

"큰 거 쌌는데 뭐, 바지가 축 처졌어."

"니 게 더 처졌어 인마."

정유식이 짜증을 내며 장상백의 바짓가랑이를 확 잡아당겼다. 순간 참사가 일어났다. 장상백의 알궁둥이가 그대로 드러난 것이다. 침묵을 깬 것은 정유식이었다.

"어, 미안, 미안해."

"아이 씨, 뭐야?"

놀란 장상백이 빛의 속도로 오윤아를 보며 바지를 끌어올렸다. 오윤아가 고개를 돌리고, 그 상황에서도 김성준이 무표정한 얼굴로 장상백을 바라보고, 곤혹스러워진 정유식이 한 발 뒤로 물러나고, 놀란 내가 흥미진진한 얼굴로 그 상황을 지켜보는 일이 동시에 일어났다. 다음 순간 장상백이 정유식의 바짓가랑이를 잡고 매달렸다. 반드시 정유식의 바지를 벗기고 말겠다는 결기가 느껴졌다.

"하지 마, 새끼야. 하지 말라니까."

정유식이 바지춤을 부여잡고 몸부림을 쳤다.

오윤아가 한심하다는 표정으로 두 사람을 바라보더니 절레절레 고개를 저었다. 그러는 사이 정유식이 온몸 흔들기로 장상백을 떼어낸 뒤 도망을 쳤다.

"거기 서 형, 서라니까!"

장상백이 씩씩거리며 정유식을 쫓아갔다.

"너 같으면 서겠냐?"

정유식이 달아나며 소리쳤다.

눈앞에서 두 사람이 사라지고 나자 김성준이 품밟기를 시작했다. 오윤아도 김성준을 따라했다. 나는 정유식과 장상백이 어디까지 갔는지 궁금해서 연습을 할 수가 없었다. 멀리까지 갔는지 두 사람은 금방 돌아오지 않았다.

'저러다 진짜 싸우면 어떡하지?'

걱정하는 나와 달리 오윤아와 김성준은 태연하게 연습을 하고 있었다. 그들을 보고 있다가 할아버지가 했던 말뜻을 깨닫게 되었다.

김성준의 다리에는 힘이 잔뜩 들어가 있었다. 그는 뭔가를 때려 부수고 싶어 하는 사람 같았다. 혼자 있을 때는 몰랐는데 두 사람의 움직임을 비교해 보니 부드러움과 딱딱함의 차이를 확실히 느낄 수 있었다. 나는 몸에 힘을 빼려고 애쓰며 품밟기를 했다. 새 옷이 땀에 젖을 때까지 장상백과 정유식은 돌아오지 않았다.

12

"할아버지, 우리는 왜 발차기 안 가르쳐 줘요?"

장상백이 물었다

"기지도 못하는 놈이 날려고 들면 다친다."

"그럼 우리는 언제 날아요?"

"열심히 하면 날지."

"그게 언젠데요?"

"그야 나도 모르지."

"왜 몰라요?"

"아, 이놈아, 연습은 니가 하는 거지 내가 하는 거냐?"

할아버지가 버럭 소리를 질러도 장상백은 겁먹지 않고 계속 엉뚱한 질문을 해 댔다.

어떤 날은 격투기 선수랑 택견 선수가 붙으면 누가 이기느냐고 묻기도 했다.

"그야 센 놈이 이기지."

이게 할아버지의 대답이었다.

우리 중에서 장상백을 잡을 수 있는 건 오윤아뿐이었다.

"연습을 그만큼 열심히 좀 해 보시지."

오윤아가 눈을 흘기며 핀잔을 주는데도 장상백은 잠자코 있었다. 그걸 보니 야릇한 기분이 들었다. 어느 날 나는 용기를 내 장상백에게 물었다.

"너 쟤 좋아하냐?"

"총 맞았어요?"

장상백이 펄쩍 뛰며 손사래를 쳤다. 너무 강하게 부정을 하니 더 수상했다. 나는 짓궂게 캐물었다.

"그런데 왜 오윤아한테는 찍 소리도 못해?"

"그야 귀찮으니까 그렇지."

"무서운 게 아니고?"

정유식이 끼어들었다가 장상백에게 옆구리 치기를 당했다.

그런 장난마저 없었다면 아이들은 중간에 택견을 그만두었을지도 모른다.

할아버지는 9월이 거의 다 지나갈 때까지 아이들에게 품밟기 연습을 시켰다.

"언제까지 이것만 해야 돼?"

정유식도 슬슬 지루해했다. 오윤아와 김성준의 얼굴에도 가끔 따분함이 드러났다.

나는 아이들이 택견을 그만둔다고 할까 봐 불안했다. 할아버지는 한 가지 동작을 완벽하게 익히지 않으면 다른 동작을 가르쳐 주지 않았다.

"조금만 지나면 다리 까기를 가르쳐 주실 거야."

나는 아이들을 구슬렸다.

"어떻게 하는 건데?"

김성준이 관심을 보였다.

"이렇게 다리를 까는 거야."

나는 할아버지에게 배운 대로 발길질을 해 보았다. "이렇게? 이렇게?" 하며 장상백이 정유식의 다리를 찼다.

"하지 마, 아프단 말이야."

정유식이 피하며 장상백의 다리를 걷어차려다 제 발에 걸려 넘어지고 말았다.

"품밟기를 제대로 하지 않으면 중심을 잡을 수 없대. 공격도 제대로 못 하고 방어도 제대로 못 하는 거야, 너처럼."

나는 할아버지에게 들은 대로 설명을 해 주었다. 그런데도 장상백은 품밟기 연습을 하지 않고 계속 정유식을 따라다니며 발길질을 해 댔다.

"누가 그렇게 하라더냐?"

경로당에서 내려오던 할아버지가 그 모습을 보고 호통을 쳤다.

"영우 형이 이렇게 하면 된다고 했는데요?"

"네가 뭘 안다고 애들을 가르쳐!"

불똥이 나에게로 튀었다. 할아버지가 성큼성큼 다가오더니 발길질을 했다. 나는 피하지 못하고 종아리를 까였다. 할아버지는 퍽퍽 몇 번 더 발길질을 하다가 내 발목을 걸어 넘어뜨렸다. 그 순간 아이들의 얼굴에 들러붙어 있던 지루함이 싹 사라졌다.

'바로 이거야!'

나는 할아버지가 멋진 기술을 좀 더 보여 주며 아이들의 관심을 끌기 바랐지만 할아버지는 주구장창 품밟기만 시켰다.

날이 갈수록 불만이 쌓여 갔다. 그런데도 할아버지는 배우기 싫으면 그만두라는 태도를 버리지 않았다. 몸이 단 것은 오히려 김명순 할머니였다. 김명순 할머니는 지역아동센터에 일주일에 두 번씩 봉사를 다닌다고 했다. 그 때문인지 몰라도 아이들과 엄청 친했다. 할아버지에게 해야 될 불평을 아이들은 몽땅 김명순 할머니에게 쏟아 놓았다. 그때마다 김명순 할머니는 부드러운 말로 설득을 했다.

"택견은 우리나라 고유의 전통 무술이야. 부드러운 움직임 속에 빠르고 강한 힘을 가지고 있는 아주 뛰어난 무술이지."

하지만 우리가 듣고 싶은 건 그런 말이 아니었다. 우리는 그저 재미있게 택견을 배우고 싶었다.

급기야 안 할래요, 하는 소리가 장상백의 입에서 튀어나왔다. 다른 아이들도 싫증을 내고 있었다. 나까지 맥이 쭉 빠졌다. 그러던 어느 날 김명순 할머니가 말했다.

"내가 내일 오후에 좋은 구경 시켜 줄 테니까 세 시까지 경복궁 앞으로 나와."

"어디 갈 건데요?"

장상백이 묻자 할머니가 말했다.

"안 오면 후회할 거야."

13

김명순 할머니가 우리를 데리고 간 곳은 인사동이었다. 경복궁에서 인사동으로 가는 길가에 노랗게 물든 은행나무가 늘어서 있었다. 바람이 불지 않는데도 은행잎들이 몇 장씩 떨어졌다. 장상백이 바닥에 떨어진 은행잎을 한 움큼 주워 정유식에게 주었다.

"어쩌라고?" 하며 정유식이 받아든 은행잎을 공중에 흩뿌리자 지나가던 사람들이 눈살을 찌푸렸다.

"아, 좀!" 하며 오윤아가 짜증을 내는데도 나는 왠지 기분이 좋았다. 밝고 환한 빛이 우리를 감싸고 있는 것 같았다.

인사동 거리에는 볼거리도 많고 먹거리도 많았다. 노점상 앞을 지날 때마다 정유식이 탄성을 질렀다. 지글지글 기름에 지진 호

떡과, 쫄깃쫄깃한 맛이 일품이라는 아이스크림, 설탕가루가 폴폴 날리는 타래과에다 굽는 냄새가 환상적인 닭꼬치까지 우리를 유혹하는 것들이 인사동 거리에 널려 있었다. 할머니는 우리에게 닭꼬치를 하나씩 사 주었다.

정유식은 한 입에 휘리릭 닭꼬치를 털어 넣고 내 걸 탐냈다. 덩치에 어울리게 정유식은 먹는 걸 무지하게 밝힌다. 어지간하면 한 입 나눠 주고 싶었지만 그러기에는 닭꼬치의 양이 너무 적고 맛이 기똥차서 나는 정유식을 외면하고 얼른 닭꼬치를 먹었다.

"늦게 가면 자리 없어. 서둘러."

할머니가 말했다.

"영화 보러 가요?"

장상백이 물었다.

"아니, 그보다 더 재미있는 거야."

할머니가 우리를 데리고 간 곳은 인사동에 있는 문화마당이었다. 나무에 '택견 배틀'이라는 현수막이 걸려 있었다.

"배틀이 뭐야?"

장상백이 물었지만 아무도 대답하지 않았다. 택견 배틀은 이종격투기하고 비슷한 건데 택견 선수들이 팀을 이뤄 겨루기를 하는 거다.

우리는 안쪽으로 들어가 앉았다. 빈자리는 구경꾼들로 금세 채

워졌다. 조금 기다리자 흥겨운 풍물소리와 함께 택견 배틀이 시작되었다. 진행자가 참가팀을 소개하자 깃대를 앞세운 선수들이 등장했다. 관람석에서 우레와 같은 박수가 쏟아졌다.

선수들은 모두 다섯이었다. 그들은 깃대를 중심으로 나란히 선 뒤 인사를 했다. 택견 규칙을 잘 모르는 사람들을 위해 진행자가 설명을 해 주었다.

"택견은 다섯 명의 선수들이 출전하는데 이긴 사람은 계속 경기를 할 수가 있습니다. 겨루기를 누가 먼저 할지 정해진 순서는 없어요. 감독의 판단에 따라 그때그때 출전 선수들이 정해지는 거지요. 자, 그럼 청룡팀 첫 번째 선수 나와 주세요."

진행자의 말이 끝나기 무섭게 첫 번째 선수가 등장했다. 그는 풍물패들의 연주에 맞춰 몸을 풀었다. 가볍게 품밟기도 하고, 휙휙 발차기도 했다.

"우와 멋지다!"

정유식이 감탄하자 할머니가 웃으며 말했다.

"아직 시합도 안 했는데 감탄을 해?"

백호팀에서도 첫 번째 선수가 나와 몸을 풀었다.

"택견에서 중요한 규칙은 딱 하나예요. 발로 상대방의 얼굴을 정확히 맞히거나 바닥에 넘어뜨리는 사람이 이기는 겁니다."

진행자가 설명을 해 주었다. 우리는 흥미진진한 얼굴로 구경을 했다.

두 선수가 매트 가운데 서자 부채를 든 심판이 시작을 외쳤다. 청룡팀 선수가 발을 들어 가볍게 상대편의 다리를 건드리는 것으로 겨루기가 시작되었다.

"퍽퍽!"

청룡팀 선수가 백호팀 선수의 종아리를 연달아 걷어찼다.

'으~ 아프겠다.'

나도 모르게 얼굴이 일그러졌다.

백호팀 선수가 매트 위를 빙빙 돌며 공격 기회를 노리고 있었다.

"조여라, 조여!"

청룡팀 선수들이 소리쳤다.

백호팀 선수가 휙휙 오른발차기를 했다. 바람 소리가 날 정도로 빠른 발차기였다.

'할아버지는 왜 우리에게 이런 걸 보여 주지 않았을까?'

이런 생각을 하고 있을 때 청룡팀 선수가 재빨리 몸을 젖히며 양쪽 손바닥으로 발차기를 막아 내면서 백호팀 선수의 발목을 잡고 몸을 틀었다. 어어, 하는 사이에 백호팀 선수가 중심을 잡지 못하고 바닥에 쓰러졌다.

"승!"

심판이 부채 쥔 손을 들어 청룡팀을 가리키며 승리를 선언하자 청룡팀 선수들이 "와아~~~" 하며 환호성을 지르고 이긴 선수는 매트 위를 돌며 세레모니를 했다. 겨루기가 끝날 때마다 풍물패들이 꽹과리와 장구를 치며 흥을 돋워 주었다. 백호팀에서 다음 선수가 출전하자 장상백이 정유식을 보며 말했다.

"어, 저 사람 형 닮았다."

덩치가 크고 얼굴이 둥글넙적해서 그런지 진짜 정유식을 닮은 것 같았다.

"누가 이길 것 같아?"

장상백이 물었다.

움직임이 둔해서 나는 백호팀 선수가 질 거라고 생각했다. 그런데 막상 경기가 시작되자 내 예상은 깨지고 말았다. 덩치가 큰 만큼 그 선수는 힘이 좋았다. 두 번째 겨루기를 지켜보면서 나는 택견이 발차기와 주먹을 주로 쓰는 태권도와 달리 몸싸움도 한다는 것을 알게 되었다. 택견은 씨름과 같이 상대의 다리를 잡기도 하고 유도나 레슬링처럼 상체를 잡아당기거나 밀 수도 있었다.

청룡팀 선수가 툭툭 발길질을 하는데도 백호팀 선수는 힘으로 밀고 들어갔다. 몸놀림은 청룡팀 선수가 훨씬 빨랐다. 잔 발질을 하던 청룡팀 선수가 눈 깜짝할 사이에 한 손으로 매트를 짚으며 몸을 빙글 돌렸다.

"네, 청룡팀 선수가 날차기를 하고 있군요. 아주 어려운 기술이

지요."

진행자의 설명과 구경꾼들의 감탄 소리가 동시에 들렸다. 나는 청룡팀 선수가 또 이길 거라고 생각했다. 그런데 백호팀 선수가 청룡팀 선수의 오금을 잡고 번쩍 들더니 바닥에 패대기를 쳐 버렸다.

"우와! 잘했어!"

"이가람! 이가람!"

백호팀 선수들이 손뼉을 치며 그 선수의 이름을 불렀다. 이가람 선수는 다음 상대도 손쉽게 이겼다. 몸집이 산만 한데도 그는 아주 유연하고 발동작도 빨랐다. 굼실굼실 움직이다가 휙 하고 발차기를 해 상대의 얼굴을 맞췄다. 나는 그 자리에서 이가람 선수의 팬이 되어 버렸다.

배틀은 갈수록 흥미진진해졌다. 이길 것처럼 보이던 선수가 발차기 한 방에 얼굴을 맞아 패하기도 하고, 질 것처럼 보이던 선수가 상대방의 힘을 이용해 되치기를 하기도 했다. 다리를 붙잡힌 선수가 껑충껑충 뛰며 위기를 벗어나기도 했고, 공격을 해 오는 상대방의 팔을 꺾어 바닥에 눕히기도 했다. 몸집이 작은 선수가 큰 선수를 이길 때는 여기저기서 탄성이 터졌다.

"그런데 왜 여자는 없어요?"

두 번째 배틀이 시작되기 전에 오윤아가 물었다.

"당연히 있지."

할머니가 스마트폰을 꺼내더니 여자 선수들이 시합하는 동영상을 찾아 보여 주었다. 멋있었다. 우리는 머리를 맞대고 스마트폰을 들여다보았다.

"아직도 택견이 재미없다고 생각해?"

집으로 돌아오는 길에 할머니가 물었다.

"아니요."

우리는 한목소리로 대답했다.

14

잠이 오지 않았다. 눈을 감자 택견 배틀에서 봤던 화려한 기술들이 떠올랐다. 발목을 걸고, 무릎을 차고, 목덜미를 감싸 쥐어 상대를 넘어뜨리기도 하고, 순식간에 위로 솟구쳐 오르며 날차기를 하는 장면들이 눈앞에 어른거렸다. 나도 그 선수들처럼 되고 싶었다.

다음 날 아침 일찍 나는 감투바위로 갔다. 다른 날은 보통 오전 10시부터 운동을 시작하는데 그날은 일어나자마자 운동을 하러 갔다.

산책로에는 평소보다 훨씬 사람들이 많았다. 그 시간에 운동을 하러 오는 사람들이 그렇게 많은 줄 몰랐다. 감투바위로 가는 등

산로에도 할아버지 할머니들이 보였다. 나는 택견 수련터로 올라갔다. 그런데 할아버지가 거기서 다른 분들과 몸풀기를 하고 있었다. 아침마다 약수를 뜨러 가시는 줄 알았는데 택견 수련터에 올라 운동을 하신 모양이었다.

부드럽게 몸을 움직이는 모습이 마치 춤을 추는 것 같았다. 나는 할아버지의 몸짓을 유심히 지켜보았다.

"이 시간에 웬일이냐?"

마지막 동작을 끝내고 난 뒤 할아버지가 물었다.

나도 운동을 하러 왔다고 말했다.

"좋은 자세로구나."

할아버지가 흐뭇하게 웃으며 칭찬을 해 주었다.

"어제 김명순 할머니하고 택견 배틀을 보러 갔어요."

할아버지가 잠시 입을 다물고 있더니 볼만하더냐고 물었다.

"완전 끝내줬어요."

"다른 애들도 같이 간 거냐?"

"예."

"시끄럽게 생겼군."

"예?"

"기지도 못하는 놈들이 날려고 들 텐데 그걸 누가 감당하누?"

장상백을 두고 하는 말인 것 같았다.

나는 얼마나 훈련을 하면 그 사람들처럼 될 수 있냐고 물었다.

"그야 너 하기 나름이지. 빨리 기술을 익히고 싶거든 연습을 많이 해."

할아버지가 뻔한 대답을 해 주었다. 나는 질문을 바꾸었다.

"다리 까기에도 기술이 되게 많은가 봐요?"

"차는 방법이야 여러 가지지. 눌러차기도 되고, 돌려차기도 되고, 찍어차기도 되고 올려차기도 되고……. 어떻게 차든 상대를 넘어뜨리면 이기는 거야."

"발 걸기도 있는 거 같던데요?"

"잘 봤구나. 택견에는 아랫발질이 있고 윗발질이 있다고 했지? 아랫발질은 몸통 아래를 공격하는 거야. 이렇게." 하며 할아버지가 내 종아리를 걷어차려 했다. 나는 얼른 할아버지의 발질을 피했다.

"잘했어. 그렇게 하면 되는 거야."

할아버지가 웃으며 칭찬을 해 주었다. 잘 웃지 않는 할아버지가 웃으니 나까지 기분이 좋았다.

"싸움에서는 덜 맞고 이기는 놈이 장땡이야. 윗발질은 상대방의 얼굴을 차는 거야. 후려차도 되고 날라 차도 되고, 솟구쳐 차도 되고. 하여튼 먼저 얼굴을 차는 사람이 이기는 거지. 그걸 막으려면 활개를 써야 돼."

기분이 좋은지 할아버지가 두 팔을 접어 몸을 보호하는 동작을 보여주었다.

'우리는 언제 그런 걸 다 배우나요?'

묻고 싶은 걸 나는 꾹 참았다. 기지도 못하는 놈들이 날려고 든다고 하실 게 뻔했기 때문이었다.

"이것저것 배우는 것보다 한 가지 동작을 확실히 배우고 넘어가는 게 좋아. 어설프게 기술 쓰다가는 되치기 당하기 십상이야."

그렇게 말하며 할아버지가 혼자 익히기 동작을 한 가지 더 가르쳐 주었다.

나는 감투바위 근처로 가 연습을 했다. 택견 배틀을 보기 전에는 내가 익히는 동작들이 어떻게 쓰일지 몰라 연습을 하면서도 맥이 빠지곤 했는데 택견 배틀을 보고 나니 상대가 생긴 느낌이었다. 나는 경기 장면을 떠올리며 연습을 했다. 눈앞에 불량배 삼총사가 있다고 상상하니 훨씬 몰입이 잘 됐다.

택견 배틀을 보고 난 뒤 정유식도 목표가 생겼다. 이가람 선수처럼 되는 게 정유식의 목표였다.

"형은 택견 선수가 아니라 씨름 선수를 해야 되는 거 아니야?"

장상백이 깐족거리며 놀려도 정유식은 화내지 않고 묵묵히 품밟기를 했다. 결승전이 열리던 날 우리는 같이 택견 배틀을 보러 가기로 했다.

맛있는 것을 사 먹으라며 엄마가 용돈을 주었다. 닭꼬치를 사 가는 게 좋을지 햄버거를 사 가는 게 좋을지 고민을 하다가 나는 양이 많은 햄버거를 샀다. 헤벌쭉 웃으며 즐거워 할 정유식을 상상하며 약속 장소로 갔더니 정유식은 보이지 않고 김성준이 와 있었다.

"어? 형. 웬일이에요?"

나는 깜짝 놀라며 물었다.

김성준이 말없이 나를 쳐다보았다.

배틀 보러 왔지 햄버그 팔러 왔겠냐? 하는 표정이었다.

생각할수록 멍청한 질문이었다. 머쓱해진 나는 쭈뼛거리다가 햄버거 봉지를 내밀며 물었다.

"먹을래요?"

나이는 한 살밖에 차이가 안 나는데도 김성준에게는 함부로 대할 수 없는 분위기가 있었다.

괜찮다고 할 줄 알았는데 김성준이 햄버거 봉지로 손을 쑥 집어넣었다.

'유식이 건데…….'

나는 속으로 끙 앓는 소리를 했다.

정유식은 우리가 햄버거를 다 먹을 때까지 오지 않았다. 내가 자꾸 입구 쪽을 바라보자 김성준이 물었다.

"누가 오기로 했어?"

"유식이요. 세 시에 만나기로 했는데 아직까지 안 오네요. 형은 몇 시에 왔어요?"

"좀 전에 왔어."

"어떤 팀들이 붙는지 알아요?"

"준결승에서 올라온 팀들이 붙겠지."

말투가 어찌나 비슷한지 하마터면 할아버지한테 개인 레슨 받아요? 하고 물어볼 뻔했다.

말없이 앉아 있으려니 낯선 사람과 앉아 있는 것보다 더 어색하고 불편했다. 나는 김성준에게 말을 붙였다.

"형도 택견 선수가 될 거예요?"

"그런 건 아무래도 상관없어."

힐끗 쳐다보는 내 눈길을 느꼈는지 김성준이 퉁명스럽게 덧붙였다.

"난 그냥 센 사람이 되고 싶을 뿐이야."

그 순간 마음 한쪽이 저릿해지면서 김성준이 어쩌면 나와 비슷한 사람일지도 모르겠다는 생각이 들었다.

정유식은 네 시가 거의 다 돼서 나타났다. 우리는 나란히 앉아서 결승전을 지켜보았다. 경북 성주에서 올라온 팀이 우승을 했는데 놀랍게도 그 팀에는 고등학생이 세 명이나 있었다.

"우리도 열심히 하면 저 사람들처럼 될까?"

시합이 모두 끝나고 난 뒤 정유식이 물었다.

"그야 너 하기 나름이지."

내가 할아버지의 말투를 흉내 내자 김성준의 입 꼬리가 슬며시 올라갔다. 만난 지 몇 달 만에 처음 보는 미소였다.

15

겨울이 되면서 내 생활에 커다란 변화가 생겼다. 김명순 할머니의 소개로 지역아동센터에 다니기로 한 것이다. 지역아동센터는 방과 후에 저소득층 아이들을 돌봐 주는 곳인데 방학 중에도 운영을 했다.

그런 시설이 있다는 것을 알고 엄마가 나보다 더 기뻐했다. 그곳에서 나는 검정고시를 준비했다. 알고 봤더니 나처럼 학교에 다니지 못하는 아이들이 더러 있는 모양이었다. 그런 아이들을 위해 학력평가 시험을 치르는데 그게 바로 검정고시 제도였다. 그 시험에 합격하면 중학교 졸업장이 없어도 고등학교에 진학할 수 있다. 시험은 1년에 두 번 치는데 필수 과목과 선택 과목이 있었다. 국어, 수학, 사회, 과학은 필수과목이라 반드시 시험을 쳐야 하고, 도덕, 음악, 체육, 실과, 미술, 영어 중에서는 한 과목만 선택하면 된다. 나는 영어를 선택했다. 유치원에 다닐 때부터 과외를 시켜 준 아버지 덕분에 나는 영어를 꽤 잘하는 편이었다. 아버지가 원하는 만큼 성적이 나오지 않을까 봐 밤을 새우다시피 공부를 할 때는 영어가 지긋지긋했는데 검정고시를 치려니 그때 한 공부가 도움이 되었다.

나는 인터넷 강의를 들으며 검정고시를 준비했다. 이대로 서울에서 쭉 살고 싶었다. 나중에 정유식과 같은 고등학교에 다니고 싶었다. 팀을 만들어 택견 배틀에도 참가하자고 약속했다. 김성준도 우리와 한 팀이 되고 싶어 했는데 아쉽게도 이사를 가고 말았다. 원래 인생은 계획대로 되지 않는 거라고 정유식이 말했다. 고작 14년을 살아 놓고 인생을 논하기에는 좀 이른 감이 있었지만 그래도 14년은 우리의 전 생애였다.

겨울이 지나가고 봄이 되자 세상이 조금 달라 보이기 시작했다. 나무 때문인 것 같았다. 죽은 것처럼 보이던 가지에 다닥다닥 붙어 있던 꽃눈과 잎눈이 조금씩 부풀어 오르더니 어느 날 살며시 벌어지면서 잎이 나왔다. 그걸 보고 있으면 내 몸에도 푸른 물이 도는 것 같은 느낌이 들면서 기분이 좋아졌다. 그렇게 쑥쑥 자라는 나무나 보면서 평화롭게 살고 싶었다. 하지만 정유식의 말처럼 인생은 그렇게 간단한 게 아니었다.

4월의 어느 날 밤이었다. 사직터널을 지나 집으로 가는데 누가 뒤에서 목을 확 끌어안았다. 너무 놀라서 하마터면 오줌을 지릴 뻔했다. 돌아보니 불량배 삼총사가 서 있었다. 한동안 나는 그들을 잊고 지냈다.

"이런 우연이 또 있나?"

그들은 나를 만나 무척 반가운 것처럼 과장되게 연기를 했다.

"그동안 잘 있었냐?"

앞니 사이가 벌어진 놈은 내 어깨에 손을 얹으며 인사까지 했다. 모르는 사람이 보면 무척 친한 사이라고 오해를 할 만한 행동이었다.

그들과 맞닥뜨리는 순간을 얼마나 많이 상상했는지 모른다. 택견을 배우기 전에는 그런 순간이 올까 두려워 밖에도 나가지 못했지만 택견을 배우고 난 이후에는 오히려 그들을 만나고 싶었다. 한 놈씩 한 놈씩 묵사발을 만들어 버리는 상상을 하며 잠을 설친 적이 있을 정도였는데 막상 맞닥뜨리고 보니 눈앞이 캄캄했다. 나는 덜덜 떨며 물었다.

"나한테 왜 이래요?"

"글쎄, 왜 그럴까?"

개미핥기를 닮은 놈이 히죽 웃으며 내 눈앞에 얼굴을 들이미는 순간, 믿을 수 없는 일이 일어났다. 내 몸이 반사적으로 움직인 것이다. 나는 양손으로 앞에 선 놈을 와락 밀치고 달아나려 했다. 성공했다면 얼마나 좋았을까!

"이 새끼가 미쳤나?"

하며 뒤에 선 놈이 내 목덜미를 낚아챘다. 나는 할아버지에게 배운 대로 발길질을 했다. 그런 행동이 오히려 그들을 자극한 것 같았다. 융단 폭격이 시작되었다, 나는 두 눈을 질끈 감고 활개 접기를 했다. 그것만 잘하면 어지간한 공격은 다 막을 수 있다고 할아버지가 말했다.

"야야, 사람 온다. 그만해. 그만해."

그들은 나를 끌고 골목으로 들어갔다. 나는 발버둥을 치며 그들의 손아귀를 벗어나려 했다. 그럴수록 폭력이 심해졌다.

억울했다. 나에게 왜 이런 짓을 하느냐고 묻고 싶었다. 소용없는 짓이었다. 말이 통할 상대가 아니었다. 반사적으로 두 눈을 감고 고개를 돌렸다. 하지만 턱까지 보호할 수는 없었다. 코뼈가 부러진 것처럼 아팠다. 코피도 터진 것 같았다.

'멀쩡한 입은 뒀다 뭐 할 거냐?'

어디선가 할아버지의 목소리가 들리는 것 같았다.

'ㅇㅇㅇㅇ~'

나는 속으로 비명을 질렀다.

가슴 저 밑바닥에 가라앉아 있던 감정이 부글부글 끓어오르더니 한꺼번에 폭발했다.

"야 이 개새끼들아!"

나는 목이 터져라 고함을 질렀다.

내 입에서 그런 말이 나오다니 나조차도 놀랄 지경이었다. 그 자식들도 놀란 것 같았다. 움찔 동작을 멈추더니 더 세게 나를 때렸다. 나는 계속해서 비명을 질렀다. "조용히 해, 새끼야, 조용히 하라고!"

놈들이 내 입을 틀어막으려 했지만 나는 계속 비명을 지르며 발길질을 했다. 여기저기서 창문 여는 소리가 났다. 그들이 당황한 얼굴로 나를 몇 대 더 때리더니 도망을 쳤다.

나는 그 자리에 주저앉았다.

"괜찮아, 학생?"

맞은 편 건물에서 어떤 아저씨가 창문을 열고 내다보며 물었다. 그만큼 맞았는데 괜찮을 리가 없었다. 눈도 잘 보이지 않고 입술도 당나발이 된 것 같았다. 나는 손등으로 흘러내린 코피를 닦았다. 얼굴이 부어올라 늙은 호박만 해진 것 같았는데도 이상하게 비참한 기분이 들지 않았다. 나는 당황한 얼굴로 도망치던 그들의 뒷모습을 떠올리며 길게 한숨을 내쉬었다.

왜 아버지가 한사코 소리를 지르지 못하게 했는지 그 이유를 알 것 같았다. 괴물도 부끄러움을 아는 거다. 그래서 자신의 정체가 들통날까 봐 조심하는 거다.

"아, 아, 아, 아~."

나는 목청을 가다듬었다.

억울한 일을 당하면 담벼락을 향해서라도 외쳐야 한다고 김명순 할머니가 말했다. 그 순간 왜 그 말이 떠올랐는지 모르겠다. 어쩌면 택견보다 목소리가 더 힘이 센 게 아닐까 생각하며 나는 집으로 갔다.

"어떻게 된 일이냐?"

문을 여는 소리에 밖을 내다보던 할아버지가 내 얼굴을 보고 놀라며 물었다.

나는 별일 아니라고 말했다.

"간이 부었구나. 그런 꼴을 하고도 별일 아니라고 말하는 걸 보니……."

할아버지가 슬리퍼를 끌고 내 앞으로 다가와 얼굴을 들여다보더니 다시 물었다.

"싸운 거냐? 맞은 거냐?"

나는 싸운 거라고 했다. 할아버지는 왜 싸웠느냐고 묻지 않고 몇 명하고 붙었느냐고 물었다. 나는 세 명이라고 말했다.

"어리석은 놈!"

"……."

"상대가 많을 때는 도망을 쳐야지. 괜히 객기 부리다가 골로 가는 수가 있어."

전혀 고수답지 않은 충고였다. 나는 다시 놈들을 만나도 도망가지 않을 거라고 했다.

"왜?"

할아버지가 물었다.

"잘 모르겠어요. 그냥 그러고 싶어졌어요."

내 말이 마음에 들었는지 할아버지가 빙긋 웃더니 계속 얻어터지진 않겠구먼, 했다.

엄마가 놀랄까 봐 나는 깨끗이 세수를 했다. 상처가 쓰라려 손이 닿을 때마다 신음소리가 절로 새어나왔지만 이상하게 기분이 좋았다. 나는 묵사발이 된 얼굴을 찬찬히 뜯어보며 약을 발랐다.

집으로 돌아온 엄마는 내 얼굴을 보더니 소스라치게 놀라며 어떻게 된 일이냐고 물었다.

"사직터널을 지나오다가 전에 봤던 불량배 놈들을 만났어요."

"안 되겠다. 이사를 가든지 해야지."

엄마는 당장 짐을 쌀 태세였다.

"그냥 여기서 살아요."

"안 돼. 불안해서 못 살아."

엄마가 단호한 태도를 보였다. 나는 솔직하게 말했다.

"이사 가기 싫어요."

"왜?"

"여긴 할아버지도 계시고 친구들도 있으니까요."

"그러다 걔들을 또 만나면 어쩌려고?"

"이사 간 동네에도 그런 놈들이 있을지 몰라요. 그때마다 도망칠 수는 없어요."

"넌 무섭지도 않니?"

"무서워요. 하지만 일방적으로 얻어터지진 않을 거예요."

"뭐?"

엄마가 놀란 눈으로 나를 쳐다봤다.

'나는 옛날의 이영우가 아니에요.'

그런 생각을 하자 신기하게도 가슴이 쫙 펴지면서 쭈그러졌던 자존심이 되살아나는 것 같았다.

16

하룻밤 사이에 내 얼굴은 호빵맨처럼 부풀어 올랐다. 몸에도 여기저기 멍이 들어 안 아픈 곳이 없었다.

"며칠 쉬어."

할아버지가 말했지만 나는 멍들고 부운 얼굴을 하고도 밖으로 나가 아이들이 연습하는 걸 지켜보았으며 지역아동센터에도 꼬박꼬박 나갔다. 겁먹지 않았다는 걸 놈들에게 보여 주고 싶었다.

"확실히 깡이 들었어."

할아버지는 그런 내가 마음에 드는지 칭찬을 해 주었다.

그러던 어느 날이었다. 할아버지와 나란히 앉아서 택견 연습을 지켜보고 있는데 김명순 할머니가 샌드위치를 사 들고 왔다. 자

칭 우리들의 후원회장인 김명순 할머니는 수시로 찾아와 연습하는 걸 지켜보곤 했는데 그때마다 늘 먹을 걸 갖고 오신다. 그래서 할머니가 등장하면 손부터 보게 된다. 나는 빨리 연습이 끝나기를 기다렸다. 샌드위치가 먹고 싶었다.

"우리 애들을 택견 배틀에 한번 내보내 보는 게 어떨까요?"

할아버지와 나란히 앉아 두런두런 이야기를 나누다가 김명순 할머니가 갑자기 이런 제안을 했다.

나는 깜짝 놀라 할머니를 쳐다보았다.

"제정신이오?"

할아버지도 나만큼이나 놀랐는지 목청을 높였다.

"멋진 생각이죠?"

하며 김명순 할머니가 싱긋 웃었다. 순간 나는 할머니가 농담을 하는 거라고 생각했다. 그런데 아니었다.

"거기는 애들이 나가는 데가 아니오."

할아버지의 대답이 떨어지기가 무섭게 할머니가 준비해 온 동영상을 보여 주었다. 흰색 한복 위에 붉고 푸른 쾌자를 입은 여자 아이들이 본때 뵈기를 하고 있었다.

"이런 걸 하잔 말이요?"

할아버지가 묻자 할머니가 한 치의 망설임도 없이 대답했다.

"예."

"우리 애들은 무용을 하는 애들이 아니요."

"얘들도 마찬가지예요."

"내가 보기에는 춤꾼 같구먼."

"그러면 또 어때요?"

"……."

"택견을 하는 사람이 많으면 많을수록 좋은 거잖아요. 무술을 하는 사람들만 택견을 배우란 법 있어요?"

"아니 나한테 뭐 빚 받을 거 있어요? 왜 이렇게 따져요?"

말문이 막히자 할아버지가 버럭 화를 냈다.

나도 모르게 픽 웃음이 나왔다.

김명순 할머니가 숨을 고르고 난 뒤 본격적으로 할아버지를 설득하기 시작했다.

"택견이 유네스코에 인류무형유산으로 등재된 건 아시죠? 세계인들이 그 가치를 인정했다고요. 그렇게 자랑스러운 문화유산을 사람들에게 널리 알려 즐기게 해야죠. 택견은 무예이기도 하지만 민속놀이의 성격도 짙어요. 옛날에는 동네 사람들끼리 패를 이뤄 겨루기를 했잖아요. 그게 축제지 뭐예요? 그런 축제에 춤이 끼는 건 당연지사지."

김명순 할머니는 택견 홍보대사 같았다.

'설마 그래서 아이들에게 택견을 가르치려고 한 건가?'

얼토당토않은 생각이 들 정도로 김명순 할머니는 열심이었다.

"선생 아니랄까 봐 말발은 청산유수네."

할아버지가 얼굴을 찌푸리며 구시렁거리는데도 할머니는 계속 말을 이어 나갔다.

"죄송한 말씀이지만 무술의 시대는 끝났어요. 이제는 남녀노소 누구나 택견을 할 수 있어야 해요. 체조처럼 즐기면서……."

"그래서 우리 애들한테 춤을 가르치자 이 말이요?"

"아니 그게 아니라 개막식 날 시범을 보이면 좋겠다 이 말이죠."

"누가 세워 주기나 한대요?"

분위기가 이상하게 흘러가고 있었다. 택견 고수라고 생각했던 할아버지가 계속 방어적인 자세를 취하는데도 김명순 할머니는 기죽지 않고 맹렬한 기세로 할아버지를 설득했다.

"그러니까 영감님께 이렇게 상의를 하는 거잖아요. 영감님은 택견계 원로잖아요."

"누구한테 무슨 말을 들었는지 모르겠지만 나는 그런 사람이 아니요."

"알았어요. 알았으니까 우리 애들 개막식 날 무대에 설 수나 있게 해 줘요."

"준비도 안 된 애들을 세워서 웃음거리를 만들겠다는 거요?"

"무슨 말씀을 그렇게 하세요? 그동안 우리 애들이 얼마나 열심히 연습을 했는데. 사부님이라는 분이 그렇게 말씀하시면 안 되죠. 그리고 또 준비가 좀 안 되면 어때요? 개막식까지 3주도 더 남았는데 연습하면 되죠. 그리고 또 실수 좀 하면 어때요? 꼭 1등 하려고 출전하는 건 아니잖아요?"

말로는 김명순 할머니를 당할 수 없다고 생각했는지 할아버지가 끄응, 소리를 내며 일어났다.

할아버지가 자리를 뜨자 김명순 할머니가 종종걸음으로 할아버지를 뒤쫓았다. 할아버지보다 김명순 할머니가 더 센 것 같았다. 김명순 할머니가 마음을 먹은 이상 우리는 반드시 무대에 서게 될 것이다. 내 예상은 들어맞았다. 이틀 뒤 할아버지가 말했다.

"택견 배틀에 나가게 됐으니 교장선생이 시키는 대로 해."

이틀 사이에 무슨 일이 있었는지 모르겠지만 어쨌든 우리는 택견 배틀에 나가게 되었다. 우리는 3주 동안 부지런히 택견 체조를 연습했다. 그동안 익힌 동작들을 연결하는 거라 별로 어렵지 않았다. 안무는 김명순 할머니가 짜 오셨다.

드디어 개막식 날이 되었다. 우리는 설레는 마음을 안고 인사동 문화마당으로 갔다. 관람객들 사이에 아는 얼굴들이 소복소복 모여 있었다. 친손자처럼 챙겨 주시던 할머니 할아버지들도 와 계시고, 지역아동센터 아이들과 선생님들도 보였다. 엄마도 휴가를 내 응원을 하러 와 주었다.

“이번에 시범을 보여 줄 팀은 꿈터 지역아동센터에 다니는 아이들인데요, 택견계의 살아 있는 전설인 박범수 어르신의 제자들입니다. 연세가 있으셔서 더 이상 제자를 받지 않겠다고 했는데 한 집에 살게 된 소년과의 인연 때문에 아이들에게 택견을 가르치게 되셨다고 하는군요. 택견계의 살아 있는 전설 박범수 어르신입니다. 큰 박수 부탁드립니다.”

진행을 하는 사람이 먼저 할아버지를 소개하자 관람객들이 뜨겁게 박수를 쳐 주었다.

‘택견계의 살아 있는 전설’이라는 말이 내 귀에 쏙 들어와 박혔다.

‘그럴 줄 알았어!’

나는 속으로 쾌재를 불렀다. 할아버지의 제자라는 게 자랑스러웠다.

우리는 음악소리에 맞춰 택견 체조를 선보였다. 멋진 옷을 갖춰 입고 사람들 앞에서 그동안 배운 동작들을 선보이려니 조금 긴장이 되기도 했지만 설레고 신나기도 했다.

“지금 이 친구들이 하고 있는 동작은 택견의 본때 뵈기를 응용한 것입니다. 우리 민족의 전통무예인 택견은 부드러운 몸놀림이 특징입니다. 그걸 잘 활용하면 남녀노소 누구나 부담 없이 즐길

수 있는 훌륭한 체조가 될 수 있어요. 어때요? 멋있지요?”

진행을 하는 사람이 관중들을 보며 묻자 여기저기서 예, 하는 소리가 들렸다.

“잘한다고 생각하시면 아이들에게 박수 한번 부탁드리겠습니다!”

말이 끝나기 무섭게 우레와 같은 박수가 터져 나왔다. 핸드폰으로 동영상을 찍는 사람들도 있고 엄청 비싸 보이는 렌즈가 달린 카메라를 들고 사진 촬영을 하는 사람들도 있었다.

17

"멋있더라."

집으로 돌아오는 길에 엄마가 내 손을 잡으며 말했다. 쑥스러워 귀가 빨개지는 것 같았지만 기분은 짱이었다.

"오랜만에 맛있는 거 먹고 갈까?"

길가에 즐비한 음식점들을 보며 엄마가 물었다. 우리는 그중에서 스테이크 집을 골랐다. 가게 안으로 들어가니 맛있는 냄새가 코를 찔렀다. 엄마와 나는 비프스테이크와 샐러드를 시키고, 치즈를 듬뿍 얹고 파슬리 가루를 뿌린 감자튀김도 시켰다. 누구의 눈치도 보지 않고 맛있게 음식을 먹으면서 이야기를 할 수 있다는 게 너무 즐거웠다. 나는 콜라도 마음껏 마셨다.

"적응 잘 해 줘서 고마워. 힘들어도 조금만 더 참고 지내자. 열심히 돈을 모으고 있으니까 올해 안에는 외국으로 나갈 수 있을 거야."

엄마가 말했다.

나는 어디로 갈 거냐고 물었다.

"한국인들이 없는 곳으로 가고 싶어."

"안 가면 안 돼요?"

"할아버지 때문에 그러니?"

그것도 여러 가지 이유 중 하나였다. 나는 할아버지와 헤어지고 싶지 않았다. 지역아동센터에 계속 다니면서 정유식과 택견을 배우고 싶었다. 하지만 그보다 더 큰 이유는 세상에 대한 불신이었다. 불량배 삼총사를 만나고 난 뒤 나는 이 세상에 백 퍼센트 안전한 곳은 없다는 사실을 깨달았다. 아버지만 피해 도망치면 행복하게 살 수 있을 줄 알았는데 또 다른 괴물이 나타난 것이다. 엄마가 가고 싶어 하는 나라에도 괴물이 있을지 모른다. 그럴 바에는 차라리 여기서 사는 게 더 낫지 않을까? 엄마와 나를 지켜낼 힘을 기르면서. 내가 더듬거리며 그렇게 말했을 때 엄마가 가볍게 한숨을 내쉬며 속마음을 털어놓았다.

"나도 그러고 싶어. 하지만 네 아빠가 찾아올까 봐 솔직히 무서워."

월요일에 지역아동센터에 갔더니 선생님이 인터넷에서 동영상을 찾아 보여 주었다. 우리가 택견 체조를 하는 장면이 나오자 아이들이 와아, 환호성을 질렀다. 이틀 사이에 우리는 유명인이 되어 있었다. 화면에는 내 얼굴도 나왔다. 신기했다. 오윤지도 신기한지 오윤아의 팔을 두드리며 호들갑을 떨었다.

"언니, 언니도 텔레비전에 나왔어. 저기 봐, 연예인 같아."

'그럴 얼굴은 아닌데…….'

하면서도 나는 힐끗 오윤아를 쳐다보았다. 내 옆에 있는 아이와 동영상 속 아이가 같은 사람이라니 신기하고 놀라울 뿐이었다.

"선생님, 이거 아무나 볼 수 있어요?"

장상백이 물었다.

"그럼 아무나 볼 수 있지."

"우리 엄마가 저거 보고 나 찾아왔으면 좋겠다."

장상백이 툭 던진 말에 갑자기 분위기가 숙연해졌다. 지역아동센터에 다니는 아이들은 모두 저마다의 사연을 갖고 있었다. 세상 걱정 없는 것처럼 보이는 장상백은 술주정뱅이인 아버지와 단둘이 살고 있었으며, 오윤아는 소녀 가장이었고, 정유식의 부모님은 청각장애인이었다.

"이제 그만 보고 저녁 먹을 준비하자."

선생님이 컴퓨터의 전원을 껐다.

"오늘 메뉴는 뭐예요?"

정유식이 물었다.

"오빠는 왜 매일 물어봐? 주방 옆에 붙어 있는 식단표 보면 되잖아."

오윤지가 핀잔을 주자 선생님이 하하 웃었다.

장상백이 닭볶음탕이라고 하자 정유식의 입이 헤벌쭉 벌어졌다. 정유식은 진짜 먹는 걸 너무 밝힌다. 배식 시간이 되자 오윤지가 소리쳤다.

"선생님, 유식이 오빠가 고기 다 가져가요!"

급식 담당 선생님이 주방에서 빼꼼히 고개를 내밀고 소리쳤다.

"정유식, 너는 맨 뒤에 가서 서라고 했지."

"싫어요. 그럼 애들이 고기 다 가져간단 말이에요."

그럴 때 보면 정유식은 진짜 어린아이 같았다. 선생님들은 정유식이 먹을 것에 집착하는 게 다 애정결핍 때문이라고 했다. 청각장애를 앓는 부모님이 정유식이 어릴 때 시설에 맡겼는데 그곳에서 제대로 된 보호를 받지 못해 애정결핍이 생겼고 그 때문에 먹는 것에 유난히 집착한다는 것이었다. 겉보기에는 멀쩡해도 정유식은 어쩌면 아직까지 마음이 아픈지 모른다. 나는 식판에 넉넉하게 담아 온 닭고기를 정유식에게 나눠 주었다. 맛있는 음식을 먹을 때 정유식은 무척 행복해 보인다. 그런 정유식을 보고 있으면 나도 기분이 좋아진다.

밥을 다 먹고 난 뒤 양치질을 하려고 화장실에 들어갔는데 거울 속에 비친 내 얼굴이 보였다. 그날따라 잘생긴 것 같았다. 나는 칫솔을 입에 물고 씨익 미소를 지었다. 동영상에서 봤던 내 얼굴이 떠올랐다. 엄마에게 멋진 모습을 보여 주고 싶었다. 휴대폰이 없는 게 무척 아쉬웠다. 휴대폰만 있으면 누구나 동영상을 내려받아 볼 수 있을 텐데……. 다음 순간 섬뜩한 느낌이 들었다.

'만약 아버지가 동영상을 본다면?'

상상도 하기 싫었다. 나는 급하게 머리를 흔들어 그 생각을 떨쳐 냈다. 우리 아버지는 그런 동영상을 찾아보는 사람이 아니다.

18

여름방학이 끝나고 난 뒤 할아버지는 나와 정유식을 데리고 전수관으로 갔다. 택견 연습을한 시간은 내가 훨씬 더 긴데 정유식은 택견 신동이라도 되는 듯 금방 내 실력을 따라잡았다. 몸이 나보다 유연하고 운동신경도 좋은 편이었다. 전수관에는 택견 배틀에서 시범을 보였던 사범님이 있었다.

"이제 늙어서 어려운 기술은 가르칠 수 없으니 김 사범이 우리 애들 좀 맡아 주시게."

미리 이야기가 된 듯했다. 그 뒤부터 정유식과 나는 전수관으로 택견 수련을 받으러 갔다.

장상백과 오윤아, 오윤지는 새로 택견을 배우겠다는 아이들과 같이 할아버지에게 택견을 배웠다.

"어디 얼마나 늘었나 한번 보자."

휴일이 되면 할아버지는 나에게 품을 놀아 보라고 하셨다. 나는 전수관에서 배운 기술을 할아버지에게 보여드리고 가르침을 받았다.

그날은 마침 엄마도 쉬는 날이라 집에 있었다. 빨래 바구니를 든 엄마는 창고 위로 올라가 빨래를 널고 나는 마당에서 할아버지에게 발차기 동작을 보여드리고 있었다. 그때 대문 열리는 소리가 났다. 할아버지는 낮에 집 안에 사람이 있을 때면 문을 잠그지 않는다.

반사적으로 고개를 돌렸다가 나는 그대로 얼어붙고 말았다. 아버지가 거기 서 있었다.

"뉘시오?"

할아버지가 물었다.

"영우 애비 되는 사람입니다."

아버지가 깍듯이 할아버지에게 인사를 했다.

'어찌 된 일이냐?'

할아버지의 눈빛이 내게 묻고 있었다.

나도 어떻게 된 일인지 알 수가 없었다.

"식구들을 데려가려고 왔습니다."

아버지가 말했다.

'안 돼!'

나는 속으로 비명을 지르며 창고 위를 바라보았다. 엄마도 소금 기둥이 되어 그 자리에 서 있었다.

"뭐 하고 있어, 얼른 짐 싸."

아버지는 마치 여행간 아들을 데리러 온 사람처럼 태연하게 굴었다.

"누추하지만 이리 좀 앉으시오."

할아버지가 마루턱을 가리키며 아버지를 바라보았다.

"괜찮습니다."

아버지가 정중하게 사양을 하고 난 뒤 나를 보며 재촉했다.

"뭐 해, 짐 싸라니까."

싸늘하게 변하는 말투와 눈빛을 보며 나는 공포를 느꼈다. 내가 어찌할 바를 모르고 엄마를 쳐다보자 아버지가 으름장을 놓았다.

"내 말 안 들려?"

최면에 걸린 사람처럼 나는 주춤주춤 방으로 다가갔다. 그때서야 엄마가 소리쳤다.

"돌아가세요!"

순간 아버지의 얼굴에 비웃음이 지나갔다. 나는 괴물이 온 것을 알았다.

"가자!"

아버지가 성큼성큼 다가오더니 내 팔목을 잡았다.

"그 손 놓으세요!"

엄마가 뛰어내려오며 외쳤다.

아버지는 아랑곳하지 않고 나를 끌어당겼다.

"놓으라고요!"

엄마가 내 팔을 잡고 애원하자 아버지가 물었다.

"그럼 당신이 갈 거야?"

엄마의 눈빛이 심하게 흔들렸다.

"이런 곳에 숨어 있으면 내가 못 찾을 줄 알았나? 당신은 내 거야. 아무 데도 못 가."

"나는 당신 게 아니에요. 제발 돌아가세요."

"나를 화나게 하면 어떻게 되는지 몰라? 내 인내심을 시험하지 마."

"제발 영우는 건드리지 마세요."

"그럼 이런 일을 벌이지 말았어야지. 당신 때문에 영우가 위험해진 거야. 내 탓이 아니라고!"

"제발 돌아가세요. 우리를 좀 내버려 두라고요!"

엄마가 울며 애원을 했다.

"아, 나. 이것들이 진짜……."

아버지가 내 손을 놓으며 목을 움칫거렸다.

'안 돼, 안 돼, 안 돼!'

나는 속으로 비명을 지르며 아버지를 막아섰다.

"비켜!"

아버지가 두 손으로 나를 밀었다. 그리고 엄마의 머리채를 휘어 잡고 발로 차기 시작했다. 그때 할아버지의 목소리가 들렸다.

"아, 임소장, 어디야? 지금 당장 우리 집으로 좀 와 줘야겠는데. 가정폭력이야. 우리 옆방에 살던 아이 있지? 그 애 아버지가 찾아와서 식구를 개 패듯이 패고 있어. 3분 안에 올 수 있지? 혼자 오지 말고 젊은 순경 서너 명 데리고 와. 이 사람 완전 제정신 아니야. 알았어. 그때까지 내가 어떻게든 막아 볼게."

"뭐 하시는 겁니까?"

아버지가 엄마의 머리채를 놓고 할아버지 앞으로 다가갔다.

"보시다시피 신고했소만."

"영감님이 뭔데 남의 가정사에 끼어드는 겁니까?"

"남 아니고 얘가 내 제자라서." 하며 할아버지가 피식 웃었다. 상대방을 약 올리는 웃음이었다.

아버지가 화를 참지 못하고 손을 치켜들자 할아버지가 말했다.

"어른을 공경할 줄 모르는 분이로구먼. 신문 1면에 기사 나고 싶어요?"

"……."

"파출소가 요 앞이라 1, 2분 안에 경찰들 올 거요. 어떻게, 날 패시겠소?"

할아버지가 쓱 얼굴을 들이밀며 물었다.

"이대로 끝났다고 생각하면 오산이야. 기다리고 있어. 다시 올 거니까."

말을 마친 아버지가 획 몸을 돌려 대문 쪽으로 걸어갔다. 머리를 산발한 채 서 있던 엄마가 픽 쓰러졌다. 나는 달려가 엄마를 껴안았다.

19

3분 보다는 조금 더 걸렸지만 매우 빠른 시간 안에 경찰이 출동했다. 어른들이 이야기하는 것을 들으며 나는 가정폭력으로 아버지를 고소할 수도 있다는 것을 알게 되었다. 하지만 그걸로 아버지를 묶어 둘 수는 없었다. 파출소 소장이 접근금지 명령이니 구속이니 하는 이야기를 해 주었지만 엄마는 그런 것들도 다 소용이 없을 거라고 했다.

"고소를 하지 않으면 도와줄 방법이 없어요."

"이렇게 와 준 것만으로도 됐어. 그 자가 도망갔잖아!"

할아버지가 말했다.

"또 오면 어떡하시려고요?"

"그럼 자네가 또 와 주면 되지."
"이 상황에 농담이 나와요?"
파출소 소장이 핀잔을 주자 할아버지가 혼잣말을 했다.
"맞설 수 없을 땐 피하는 게 상책이야."
엄마와 나는 정신을 차리려 애쓰고 있었다.
"어디 갈 만한 곳이 있어요?"
할아버지가 엄마를 보며 물었다.
"아니요."
"잘은 모르겠지만 보통 사람 같아 보이지는 않던데, 애기 엄마도 신세가 참 고단하게 되었소."
할아버지가 착잡한 표정을 지으며 이렇게 말하자 엄마가 흑, 울음을 터뜨렸다. 아버지에게 매를 맞으면서도 울지 않던 엄마였다.
"그자가 다시 오기 전에 빨리 움직이는 게 좋겠소. 최대한 간단하게 짐을 꾸리시오."
"저희가 가고 나면 어르신께 해코지를 할지도 몰라요."
"내 걱정은 하지 마시오. 나는 산 사람도 죽은 사람도 아니니까."
그게 무슨 뜻인지 몰라 엄마가 눈을 휘둥그렇게 뜨자 할아버지가 농담을 했다.
"이거 요새 유행하는 건데, 나이 80이 넘으면 산 거나 죽은 거나 마찬가지라는 소리 못 들어 봤어요? 그러니 내 걱정은 하지 말란

소리요."

그래도 엄마가 불안해하자 할아버지가 말했다.

"애기 엄마가 잘 모르나 본데 내가 이래 뵈도 왕년에 제법 잘나가던 사람이오. 정 못 믿겠거든 영우한테 물어보시오."

할아버지가 너스레를 떨며 분위기를 바꾸려 애썼다.

엄마와 나는 방으로 들어가 짐을 챙겼다. 그 사이 할아버지가 여기저기 전화를 했다. 짐은 작년 봄에 집을 나올 때 가지고 온 배낭 하나에 손가방이 전부였다. 누군가 오기로 했으니 좀 기다리라고 할아버지가 말했다. 엄마와 나는 불안에 떨며 마당을 서성이고 있었다. 마루턱에 앉아 있던 할아버지가 손짓으로 나를 불렀다.

다가갔더니 옆에 앉으라고 말했다. 나는 할아버지 옆에 걸터앉았다.

"내가 왜 너희 모자에게 쉽게 방을 내준 줄 아느냐?"

"……."

"네가 쫓기는 걸 알았기 때문이야."

주름이 쭈글쭈글한 손으로 맥없이 놓인 내 손을 톡톡 치고 나서 할아버지가 느긋한 목소리로 이야기를 계속했다.

"그래도 넌 나보다 나아. 엄마라도 있잖아."

무슨 이야기를 하려고 이러시나? 가슴이 먹먹해졌다. 할아버지의 이야기가 이어졌다.

"전쟁이 끝나고 혼란이 판을 칠 때였어. 고아들이 하도 많아서 그러려니 했다. 진짜 괴로운 건 배고픔이었어. 넌 그런 거 모르지?"

할아버지는 내가 겪은 일보다 더 참혹한 일이 있다는 걸 알려 주고 싶어 하는 것 같았다.

"그때 우리는 청계천 근처에 모여 살았는데 어떤 놈이 죽도록 우리를 괴롭혔어. 구걸해 온 것도 그놈이 다 빼앗아 갔지. 그런데도 겁이 나서 감히 덤빌 수가 없었지. 차라리 죽는 게 낫겠다 싶었어. 실제로 죽으려고 했는데 그때 스승님을 만났어. 그분이 아니었으면 난 죽었을 거야."

감투바위에서 봤던 발자국이 생각났다.

"그때 스승님이 나에게 뭐라고 한 줄 아느냐?"

"……."

"시간이 내 편이라는 걸 잊지 말라고 했어. 그 말을 너에게 해 줄 줄은 몰랐구나. 시간이 네 편이라는 걸 잊지 마라. 너는 지금 자라는 중이야."

말을 마친 할아버지가 빙긋 웃더니 "십 년쯤 지나면 네 아버지 나이가 어떻게 되니?" 했다. 나는 머릿속으로 아버지의 나이를 계산해 보았다. 마흔아홉이라는 숫자가 나왔다.

"맞설 수 없을 땐 피하는 게 상책이야. 길거리에서 오다가다 만난 놈들이라면 코피가 터지더라도 맞붙어 볼 수 있는데 아무리 세상이 막장이라도 부모를 향해서 주먹을 날릴 순 없지. 네 아버지가 변하면 좋으련만 안타깝게도 그런 사람은 쉽게 안 변해. 그나마 다행스러운 것은 그런 자들은 자기보다 강한 사람은 절대 안 건드린다는 거야. 비열한 놈들이지. 어쩌겠느냐, 그게 네 아버지인걸…….”

그때 집 밖에서 오토바이 소리가 들렸다.

“왔나 보군.”

할아버지가 무릎을 짚고 일어났다.

트레이닝복을 입은 사람 두 명이 집으로 들어왔다.

“미행하는 놈들이 있을지 모르니까 신경을 좀 써야 할 거요.”

“걱정하지 마세요.”

오토바이를 타고 온 사람들이 말했다.

“내가 잘 아는 사람들이니 따라가도 될 거요. 일단 몸을 피했다가 다른 장소로 옮기도록 하시오.”

“고맙습니다.”

엄마가 할아버지에게 인사를 했다.

“어여 가거라.”

할아버지가 손짓을 하며 나를 바라보았다. 울컥, 가슴에서 뜨거운 덩어리가 올라왔다. 나는 말없이 할아버지를 꽉 끌어안았다.

할아버지가 내 등을 토닥여 주었다.

집 밖으로 나가니 오토바이 두 대가 서 있었다. 트레이닝복을 입은 사람들이 엄마와 나에게 헬멧을 하나씩 나눠 주었다. 우리를 그것을 쓰고 오토바이 뒷자리에 올랐다.

부릉부릉 시동과 함께 오토바이가 움직였다. 우리를 따라 대문 밖으로 나온 할아버지가 어서 가라며 손짓을 했다.

눈 깜짝할 사이에 할아버지가 보이지 않았다. 백 년도 더 된 것 같던 집이 사라지고 내가 매일 지나다니던 골목도 사라졌다. 시간이 내 편이라던 할아버지의 말이 떠올랐다. 십 년이 지난 후에도 할아버지가 살아 계실까? 그런 생각을 하자 나도 모르게 눈물이 솟구쳤다.

나는 울지 않으려 애쓰며 다짐했다. 어떤 미래가 기다리고 있더라도 기죽지 않겠다고. 할아버지 말대로 나는 자라고 있었다. 1년 사이에 키가 12센티미터나 컸으며 허벅지도 굵어지고 몸도 탄탄해졌다. 세상에는 아버지 같은 사람만 있는 게 아니라 할아버지와 김명순 할머니 같은 사람도 있다는 걸 알게 됐으며, 시간이 지날수록 내가 점점 더 강한 사람이 될 거라는 믿음도 생겼다.

'안녕, 할아버지.'

'안녕, 정유식.'

나는 마음속으로 인사를 건네며 서울을 떠났다.

20

오토바이를 타고 온 사람들은 우리를 성남 시외버스 터미널에 내려 주었다. 언젠가는 아버지가 찾아올 거라 예상하고 있었지만 실제로 그런 상황을 맞닥뜨리고 나니 준비해 둔 계획도 별 소용이 없었다. 엄마와 나는 오토바이를 탄 사람들이 시키는 대로 했다. 그들은 영주로 가는 표를 끊어 주었다.

"터미널에 내리면 기다리는 사람이 있을 겁니다. 그분을 따라가세요."

그들은 버스가 떠날 때까지 승차장에 서 있었다. 보호를 받고 있다는 느낌이 들었다.

할아버지한테 이렇게까지 신세를 지게 될 줄 몰랐다며 엄마가 고마워했다. 버스는 두 시간을 넘게 달려 영주 시외버스 터미널에 도착했다. 엄마와 나는 무작정 버스에서 내렸다.

터미널은 넓고 깨끗했다. 새 건물 같았다. 버스에서 내린 사람들이 뿔뿔이 흩어질 때까지 우리는 하차장에 서 있었다. 아무도 우리를 찾지 않았다. 불안한지 엄마가 내 손을 꼭 잡았다. 오줌이 마려웠다. 화장실은 터미널 안에 있었다. 하차장에 10분쯤 더 서 있다가 우리는 터미널 안으로 들어갔다. 차 시간을 기다리는 사람들이 의자에 앉아 텔레비전을 보고 있었지만 그중 아무도 우리를 눈여겨보지 않았다. 엄마와 내가 번갈아가며 화장실에 다녀올 동안에도 찾는 사람이 없었다. 뭔가 잘못 된 것 같았다. 초조함이 밀려왔다. 서울과 원주와 동대구에서 온 버스가 차례로 터미널로 들어오고, 안동과 구미와 김천으로 가는 버스가 출발하는 것을 보며 20분쯤 더 기다리다가 우리는 터미널을 떠나기로 했다.

"가자."

엄마가 의자에 올려놓은 배낭을 집었다.

막막했다.

나는 엄마에게 어디로 갈 거냐고 물었다. "글쎄." 하며 엄마가 매표소 위에 붙어 있는 시간표를 보았다. 제일 먼저 출발하는 버스를 타려고 하는 것 같았다.

'기다리기로 한 사람은 왜 오지 않을까?'

안타까운 마음에 출입구 쪽으로 고개가 돌아갔다. 그때 대나무처럼 키가 크고 삐쩍 마른 남자가 허둥거리며 터미널 안으로 들어오는 게 보였다. 그 남자는 누군가를 찾고 있었다. 먹물을 들인 것 같은 개량한복 바지 위에 짙푸른 색 셔츠를 입은 남자를 보는 순간 곧바로 느낌이 왔다.

'저 사람이다.'

터미널 안을 휘둘러보던 그가 성큼성큼 내 앞으로 걸어오더니 물었다.

"네가 이영우냐?"

"예."

그게 무광 아저씨와의 첫 만남이었다.

"미안합니다. 오다가 펑크가 나는 바람에 좀 늦었어요."

무광 아저씨는 먼저 엄마에게 사과를 한 뒤 다른 짐은 더 없느냐고 물었다.

"없어요."

"그럼 갑시다."

우리는 주차장으로 갔다. 그곳에 아저씨가 타고 다니는 고물 트럭이 있었다. 출발하기 전에 어디로 갈 거냐고 엄마가 물었다. 산으로 간다고 아저씨가 말했다. 선문답 같은 대답이었다.

"혹시 스님이세요?"

엄마의 조심스런 질문에 아저씨가 푸하하하 웃음을 터뜨렸다. 긴장이 조금 풀어지는 것 같았다.

무광 아저씨는 털털거리는 고물 트럭을 몰고 영주 시내를 가로질러 가다가 시장 앞에서 차를 세웠다.

“집에 손님이 온 적이 없어서. 불편한 점이 많을 겁니다. 필요한 물건이 있으면 사세요.”

엄마와 나는 슈퍼에 들러 세면도구를 샀다. 아저씨는 라면과 통조림을 산 뒤 양은 냄비 하나와 수저 두 벌을 샀다. 그리고 이불가게에 들러 담요와 베개도 샀다.

“살림 나시나 봐요. 아들이 잘생겼네.”

이불가게 아주머니가 우리를 가족으로 오해하고 인사치레를 하자 무광 아저씨가 펄쩍 뛰며 손사래를 쳤다.

“그런 거 아닙니다.”

그 바람에 분위기가 더 이상해졌다.

아저씨는 젓갈을 사야 한다고 말했다. 우리는 쫓기는 중인데 아저씨는 한가하게 시장을 보러 온 사람처럼 굴었다. 이상한 사람이라고 생각하면서도 우리는 아저씨를 따라갔다. 젓갈가게로 가는 길목에 음식점들이 즐비했다.

“아 참, 점심 안 드셨죠?”

괜찮다고 엄마가 말했지만 나는 배가 고팠다. 아저씨가 휴대폰을 꺼내 시간을 확인하더니 벌써 저녁때가 다 됐네 했다. 젓갈을 사고 난 뒤 아저씨가 중국집에 들러 짜장면을 사 주었다. 시내에 나올 일이 잘 없기 때문에 아저씨는 시내에 나올 때마다 짜장면을 사 먹는다고 했다.

우리가 트럭으로 돌아왔을 때는 벌써 주위가 어둑했다. 시내를 벗어난 트럭은 한적한 도로를 한참 달리다가 산길로 접어들었다. 그때부터 주위의 불빛이 사라졌다.

“어디로 가는 거죠?”

엄마가 물었다.

“〈나는 자연인이다〉 보셨어요?”

뜬금없는 질문에 엄마가 고개를 저었다. 아, 그 프로그램 봤으면 설명할 필요가 없는데, 하며 아저씨가 아쉬워했다.

길이 보이지 않았다. 캄캄한 어둠 너머에 무엇이 있는지 알 수가 없었다.

21

우리가 도착한 곳은 깊은 산속이었다. 집이 있을 거라고 아무도 생각하지 못할 만한 곳에 무광 아저씨의 집이 있었다. 다음 날 아침 일어나 보니 주변에 보이는 것이라고는 나무와 풀뿐이었다.

"계시고 싶을 만큼 계시다가 아무 때나 가셔도 됩니다."

무광 아저씨가 말했다.

데려다 주지 않으면 산을 내려가다가 십중팔구 길을 잃을 것 같았다. 무광 아저씨는 그런 곳에서 혼자 살고 있었다. 가족은 아홉 살 먹은 풍산개 한 마리와 닭 일곱 마리뿐이었다.

풍산개는 우리를 무시했다. 아저씨를 보면 바닥에 벌렁 누워 배를 드러내고 어리광을 부리면서도 엄마와 나에겐 데면데면하게 굴었다. 너무나 당연한 일이었다. 사람도 동물도 친해지려면 시간이 필요하니까. 불편을 끼쳐 미안하다고 엄마가 사과하자 무광 아저씨가 말했다.

"그냥 빚 갚는 거니까 신경 쓰지 마세요."

누구에게 무슨 빚을 얼마나 졌는지 알 수 없었지만 우리는 당분간 무광 아저씨에게 신세를 지기로 했다.

함께 살아 보니 아저씨가 왜 시장에서 꼭 젓갈을 사 가야 한다고 말했는지 알 것 같았다. 무광 아저씨는 진화한 로빈슨 크루소 같았다. 대부분 자급자족을 했지만 라면을 만들거나 젓갈을 담그진 못했다. 아저씨는 특히 낙지 젓갈을 좋아했는데, 함께 살다 보니 나도 아저씨의 입맛을 따라가게 되었다.

아저씨의 라이프 스타일은 단순하다는 점에서 나와 비슷했다. 오전에는 운동을 하고 오후에는 일을 했다.

아침에 일어나면 아저씨는 풍산개를 데리고 산으로 올라갔다. 산속에 감투바위와 비슷한 장소가 있었다. 거기서 수련을 하고 난 뒤 집 근처에 있는 골짜기로 내려와 명상을 했다. 아저씨의 집 근처에는 나무와 풀 뿐인 줄 알았는데 맑은 물이 흘러가는 골짜기도 있었다. 골짜기 안에는 폭과 높이가 2미터가 넘은 바위들이 있었고, 그 바위 사이로 물이 흘러 폭포를 이루고 있었다. 아저씨는 그곳에서 명상을 했다. 그럴 때 아저씨는 무협 만화에 나오는 도사 같았다.

오후가 되면 아저씨는 일꾼으로 변했다. 아저씨의 일터는 산속에 여기저기 흩어져 있었는데 제일 큰 일터는 골짜기에 있었다. 서늘하고 그늘진 곳에서 아저씨는 표고버섯을 키웠다. 길쭉하게 잘라 놓은 참나무에 구멍을 여러 개 뚫고 거기에 종균을 심어 놓으면 표고버섯이 자란다고 했다.

나는 아저씨를 도와 참나무를 베고 나르는 일을 했다. 버섯을 따고 말리는 건 엄마가 맡았다. 우리가 오고 난 뒤 수입이 두 배로 늘었다고 아저씨가 좋아했다. 그곳에서 우리는 5년을 살았다.

그렇게 오래 살게 될 줄 몰랐다. 잠시만 있다가 떠나려 했는데 있다 보니 그곳이 좋아졌다. 산속에는 나무와 풀만 있는 게 아니다. 벌도 있고 새도 있고 물고기도 있고 고라니와 멧돼지도 있었다. 모든 동물과 식물들이 일용할 양식이 되어 준다고 아저씨가 말했다. 밤나무와 아카시아나무 아래 놓아둔 벌통에서 꺼낸 꿀은 달았고, 아저씨와 함께 물고기를 잡을 땐 즐거웠다. 아픈 사람들이 왜 산으로 가는지 알 것 같다고 엄마가 말했다. 나도 알 것 같았다. 그곳에 있으면 마음이 한없이 편해졌다. 심지어 엄마는 농담도 할 수 있게 되었다.

"그런데 왜 이름이 무광이에요? 빛이 없다는 뜻인가?"

어느 날 엄마가 이렇게 묻자 아저씨가 말했다.

"아니요. 광이 없다는 뜻입니다."

"같은 말 아닌가요?"

"아니요, 내가 하는 말은 비광 똥광 할 때 쓰는 그 광입니다. 화투를 치다 보면 광이 한두 장씩은 들게 마련인데 나는 만날 무광이었어요. 그래서 이름을 무광으로 바꿨죠. 뭐 광이 없다고 인생 쫑 나는 건 아니에요. 피로 나는 수가 훨씬 더 많으니까."

광은 뭐고 또 피는 뭐냐고 물었더니 아저씨가 화투를 가르쳐 주었다. 할 일이 별로 없는 겨울 밤 우리는 화투를 치며 놀았다. 민화투에서는 피가 별로 중요하지 않았지만 고스톱에서는 피가 엄청 중요했다.

22

아버지의 소식을 들은 건 영주 시내에 있는 북성루에서였다. 북성루는 무광 아저씨의 단골 중국집이다. 아저씨는 시내에 나갈 때마다 그 집에 들러 짜장면을 시켜 먹었는데 엄마와 나는 짜장면보다 꿔바로우를 더 좋아했다. 우리가 북성루에 들어갔을 때 가게 안은 텅 비어 있었다. 점심을 먹기에는 늦고 저녁을 먹기에는 이른 시간이었다.

"손님 안 받아요?"

아저씨가 이층을 향해 소리쳤지만 반응이 없었다. "앉아서 텔레비전이나 봅시다." 하며 아저씨가 TV를 켰다. 주인아저씨는 4시가 다 돼서 내려왔다.

"돈 많이 벌었나 봐. 완전 똥배짱이야."

무광 아저씨가 빈정거리는 투로 농담을 하자 주인아저씨가 진짜 똥배짱을 내밀었다.

"꼬우면 딴 데 가든지!"

두 분을 보고 있으면 할아버지가 떠올랐다. 할아버지도 침술원 할아버지와 투닥거리며 말씨름을 했지만 사실은 엄청 친했다. 나는 무광 아저씨에게 할아버지가 잘 계시느냐고 물었다.

"걱정 마. 100살까지 사실 거야."

무광 아저씨는 늘 그렇듯 낙천적이었다.

"어떻게 은혜를 갚아야 할지 모르겠어요. 정말 고마운 분이에요."

엄마의 표정과 목소리에는 감사의 마음이 우러나 있었다.

"부담 갖지 마세요. 빚 갚는다고 생각하실 거예요."

무광 아저씨가 언젠가 들은 것 같은 이야기를 또 했다.

"우리한테 빚 진 거 없는데요." 엄마가 이렇게 말하자 "다른 사람한테 갚을 게 있었나 보죠." 하며 무광 아저씨가 물잔을 집었다. 우리는 좀 더 자세한 이야기를 듣고 싶어 아저씨가 보리차를 다 마실 때까지 기다렸다.

"시시콜콜 이야기를 하시는 분이 아니라서 잘은 모르겠는데 어릴 때 엄청 힘들게 살았대요. 그때 목숨을 구해 주신 분이 계셨나 봐요. 은혜를 갚겠다고 했더니 그분이 이렇게 말했답니다. "은혜는 그렇게 갚는 게 아니야. 나한테 뭘 조금이라도 받았다고 생각한다면 딴 사람한테 베풀어. 너처럼 도움이 필요한 사람이 있을 거야." 진짜 멋지지 않아요? 나는 이 말 듣고 완전 반했는데." 하며 아저씨가 씩 웃었다.

오글거리기는 해도 감동적인 이야기였다. 뜨거운 보리차를 후후 불어 가며 마실 때처럼 뱃속이 뜨끈해진 느낌이 들었다. 왠지 콧날이 시큰해져 콧물을 훌쩍이고 있는데 머리카락이 희끗한 할아버지 한 분이 문을 열고 들어왔다. 무광 아저씨가 그분이 앉은 자리에 물병과 잔을 가져다 놓고 주문을 받았다. 삼선우동을 먹겠다고 할아버지가 말했다.

"삼선우동 하나요."

무광 아저씨가 중국집 종업원처럼 주방을 향해 외치는 사이 할아버지가 리모컨을 집어 가더니 채널을 바꿨다. 여러 명의 패널들이 나와서 그날 일어난 사건사고에 대해 이야기를 하고 있었다. 왼쪽 화면 귀퉁이에 프로그램 명이 씌어 있었다. 〈4시의 사건반장〉. 할아버지는 그 프로를 즐겨 보는지 채널을 고정했다. 베트남으로 여행을 갔다가 물에 빠진 여자 아이를 구한 소방관의 미담이 전파를 타고 있었다.

주문도 하지 않았는데 주인아저씨가 짜장면과 꿔바로우를 가져다 주었다. 우리는 음식을 먹으며 텔레비전을 봤다. 화면에 구조된 아이의 모습이 나왔다. 정말 다행이라는 생각이 들었다.

"저런 사람들이 많아야 되는데 말이야."

연이어 나오는 소방관의 모습을 보며 할아버지가 혼잣말을 했다.

화면이 바뀌었다.

"분위기가 훈훈했는데 이번에는 눈살이 찌푸려지는 소식이죠? 누가 취재하셨습니까?"

사회자가 묻자 머리가 M자 모양으로 벗겨진 패널이 말했다.

"제가 취재했습니다. 화면 보시죠. 경상북도 경주시에서 벌어진 일입니다. 가출한 아내의 행방을 알아내려고 양로원에 있는 장모를 찾아가 폭행한 사건인데요."

패널의 목소리가 이어지는 가운데 화면에 양로원의 모습이 나오자 엄마가 젓가락질을 멈췄다.

"왜 그러십니까?"

무광 아저씨가 물었다. 엄마는 아무 말도 들리지 않는 사람처럼 벌떡 일어나더니 텔레비전 앞으로 다가갔다.

"가해자로 지목된 남성은 우발적인 사건이라고 주장하고 있습니다. 직업이 확실하고 전과도 없기 때문에 처벌 수위가 그렇게 높지는 않을 것 같아요."

"그런데 목격자들에 의하면 그 남성이 피해 할머니를 여러 차례 방문했다고 하던데 사실인가요?"

"그렇습니다. 면회를 가장해서 피해자를 으슥한 곳으로 데려가 구타한 모양입니다. 저 양로원이 꽤 넓은데요, 숲길로 이어지는 산책로도 있다고 합니다. 마침 그곳을 지나던 요양보호사가 보고 경찰에 신고를 했어요."

"다른 가족은 없었나요?"

"그 부분에 대해서는 아직 밝혀진 것이 없습니다. 더 취재를 해 봐야 돼요."

패널들이 번갈아 가며 이야기를 주고받는 동안 화면에는 양로원의 모습과 피해 할머니의 사진이 나왔다. 얼굴에 모자이크 처리가 되어 있어 누군지 알아볼 수 없었다. 그런데도 엄마는 가 봐야겠다며 출입문 쪽으로 돌아섰다.

"어디 가는데요?"

무광 아저씨가 물었다.

"경주요."

무광 아저씨는 힐끔 텔레비전을 쳐다보고 나서 탁자 위에 놓아 둔 차 열쇠를 집어 들었다. 경찰에 연행되어 가는 아버지의 모습이 화면에 나오고 있었다. 모자이크 처리가 되어 있었지만 보는 순간 딱 아버지라는 걸 알 수 있었다.

23

경주까지 가는 동안 무광 아저씨는 아무것도 묻지 않았다. 짐작한 대로 '양로원 폭행' 사건의 피해자는 외할머니였다.

"여기가 어디라고 와. 얼른 가, 얼른. 그놈이 알고 찾아오기라도 하면 어쩌려고 그러니?"

갈비뼈에 금이 가고 오른쪽 팔이 부러질 정도로 심하게 다쳤다고 하면서도 외할머니는 우리를 걱정했다.

"죄송해요, 엄마. 죄송해요."

흐느껴 우는 엄마를 보며 나는 참을 수 없는 분노를 느꼈다. 아버지가 눈앞에 있다면 똑같이 해 주고 싶은 심정이었다.

"많이 컸구나. 길 가다 만나면 못 알아보겠다. 엄마 데리고 어서 가거라. 여긴 위험해."

다치지 않은 왼손으로 내 얼굴을 쓰다듬으며 외할머니가 울었다. 가슴이 찢어질 것 같았다. 더 이상 도망치지 않겠다고 엄마가 말하자 외할머니가 벌컥 화를 내며 소리쳤다.

"나 죽는 꼴 보고 싶어 이러냐?"

"나 살자고 엄마를 죽일 순 없어요."

"나도 마찬가지다. 그러니 얼른 가."

"그 사람이 벌 받는 걸 보고 싶어요. 이런 짓을 하고도 멀쩡하면 안 되는 거잖아요!"

"그러다 네가 다쳐 이것아."

외할머니에게 떠밀려 우리는 병실 밖으로 나왔다. 벽에 등을 기대고 울던 엄마가 눈물을 닦더니 무광 아저씨에게 말했다.

"염치없는 부탁이지만 영우를 좀 지켜 주시겠어요?"

"어쩌시려고요?"

"이제 끝을 내야겠어요."

엄마는 굳은 결심을 한 것 같았다. 외할머니가 아무리 가라고 닦달을 해도 엄마는 고집을 꺾지 않았다.

아버지는 현행범으로 체포되어 경찰서 유치장에 구금되어 있었다. 외할머니는 강력한 처벌을 원했다. 하지만 아버지가 선임한 변호사가 계속 찾아와 합의를 해 달라고 조르자 마음이 약해졌다. 합의를 해 주지 않으면 죽을 때까지 엄마와 나를 따라다니며 괴롭히겠다고 아버지가 은근히 협박을 했다. 마음이 약해진 외할머니가 다시는 우리 앞에 나타나지 않겠다는 약속을 받고 난 뒤 합의를 해 주려 하자 엄마가 결사적으로 반대를 했다.

"그놈이 앙심을 품고 나중에라도 해코지하면 어쩌려고 그러니?"

아버지는 할머니가 무엇을 가장 두려워하는지 알고 있었다.

"합의를 해 줘도 해코지를 할 사람이에요."

"네가 감당할 만한 사람이 아니야."

"그래서 더 만만히 본 것 같아요. 지렁이도 밟으면 꿈틀한다는 걸 보여 줄 거예요."

"영우는 어쩌고?"

"이제 영우도 어린애가 아니에요."

엄마는 더 이상 울지 않고 단호한 태도로 아버지와 맞서겠다고 했다. 내가 자라는 동안 엄마도 달라졌다. 무엇이 엄마를 변하게 했을까? 여러 가지 이유가 있겠지만 나를 지켜야 한다는 절박함이 엄마를 강하게 만든 것 같았다. 이제는 내가 엄마를 지켜야 한다. 나는 엄마를 지키고, 엄마는 외할머니를 지키고, 무광 아저씨는 또 나를 지키고. 그러고 보니 달라진 것이 또 하나 있었다. 우리를 지켜 주는 사람이 있다는 것. 그건 진짜 엄청 든든한 거다.

엄마는 가정폭력으로 아버지를 신고했다. 아무도 몰래 차곡차

159

곡 모아 둔 사진들이 증거가 됐다. 외할머니를 다치게 한 게 우발적인 사고라고 우기던 아버지의 주장은 받아들여지지 않았다. 아버지가 구속된 후 엄마는 외할머니를 모시고 무광 아저씨의 집으로 갔다. 나 대신 무광 아저씨가 엄마를 지켜 주기로 약속했다.

6년 만에 나는 서울로 다시 돌아왔다. 머리숱이 다 빠져 무천도사 같아진 할아버지가 나를 반겨 주었다. 정유식도 만났다. 물렁살이 다 빠진 정유식은 식스팩을 자랑하는 근육맨이 되어 있었다. 정유식의 꿈은 경호원이 되는 것이었다. 선글라스를 끼고 수트를 쫙 빼입은 경호원이 세상에서 가장 멋있다고 정유식이 말했다.

남들보다 조금 늦었지만 고등학교 과정을 검정고시로 마치고 나도 대학에 진학했다. 빚을 갚고 싶었다. 그러려면 할아버지나 김명순 할머니, 혹은 무광 아저씨처럼 되어야 한다. 닮고 싶은 사람이 있다는 건 참 감사한 일이다. 그들이 나를 이만큼 키웠다.